この子は、
この広い世界で、
とてつもなく
大きなことをやるに
違《ちが》いない
そう言われ続けた
神童《しんどう》のオレは、
今年で33歳になる
バタバタバタ
キャハハ
バタ
あのジョージ・ルーカスが
『スター・ウォーズ』を
公開した年齢《ねんれい》だ
オレは今、
『スター・ウォーズ』の
主人公のように、
遠い星の彼方《かなた》で
異星人《いせいじん》に囲《かこ》まれている
わーん
ドンッ
アハハ
外で待《ま》ち構《かま》えている
異星人に襲《おそ》われるくらいなら、
この狭《せま》い世界で
生涯《しょうがい》を終えることも
仕方《しかた》ないかもしれない……
あらあら

トイレにこもって
ガチッー
具合でも悪いんですか？
無理しないで
ゆっくり慣《な》れていきましょうね！
ドタ
ドタ
ドタ
トイレ
こんな場所に慣《な》れるつもりなんてない！
ぶっ!!ー

あそぼうぜ!
――これだから
異星人《いせいじん》は嫌《いや》なのだ
ルーカスが作り上げた
キャラクターより、
もっと悪質《あくしつ》で
タチの悪い
コイツらと――
ゆーたろー
センセー!
オレは、本当に、
半年間も戦わなければ
ならないのか――

オレは、センセーなんかじゃない！

Gakken

おかざきさとこ——著　くじょう——絵

主な登場人物

オレ
鈴木優太郎
勉強もスポーツも
1番の「神童」だったが、
会社員時代のある事件をきっかけに
「引きこもりニート」になる。
6年ぶりに自分の部屋を出て、
保育園で働き始めるのだが……。

母親
鈴木妙子
優太郎の母親。
ビル清掃《せいそう》のパートをしている。
夫を亡《な》くし、
女手ひとつで
優太郎を育ててきた。

叔父
山里幸蔵
優太郎の叔父《おじ》。
ネオキッズらんどの園長。
適当でガサツな性格。

通称 麗子像
池田百合子
保育士(主任)。
画家・岸田劉生《きしだりゅうせい》の作品
「麗子像《れいこぞう》」に似《に》ている。
常に優しく優太郎を
見守っているが、時には
厳《きび》しく叱《しか》ることもある。

通称 リーコ
山里理沙子
保育士。優太郎の従妹《いとこ》。
ある事情で会社を退職し、
保育士をしている。
ガサツで口が悪いが、
実は繊細《せんさい》。

通称 たまき
天野めぐみ
保育士。
竹久夢二《たけひさゆめじ》の絵のモデルになった
「岸たまき」に似《に》ている。
責任感が強く、見た目のはかなさとは
裏腹《うらはら》に、勝ち気な性格。
保育士の仕事に
誇《ほこ》りを持っている。

—エピソード1—

みんなと同じなんか
じゃなくていい

親ゆずりの無鉄砲《むてっぽう》で、子どもの頃から損《そん》ばかりしている——そんな「坊《ぼっ》ちゃん」が、非常に気の毒である。

オレは、親以上の賢《かしこ》さで、子どもの頃からほめられてばかりいた。同年代の奴《やっ》らが、必死にオムツとお別れしようとしている間に、自転車の補助輪《ほじょりん》とお別れし、夢中《むちゅう》になって「コックリさん、コックリさん……」と唱《とな》えている間に、『学問のすゝめ』を読みすすめ、人気アイドルグループの新曲を我先《われさき》にと覚えている間に、東京大学の過去20年分の入試パターンを完全マスターした。

「この子はきっと、広い世界に出て、とてつもなく大きなことをやるに違いない」

そう言われ続けた神童《しんどう》のオレは、今年で33歳になる。あのジョージ・ルーカスが映画「スター・ウォーズ」を公開した年齢《とし》だ。

オレは今、四方を壁《かべ》に囲まれた狭い世界にいる。ある意味、「スター・ウォーズ」の主人公のように、遠い星の彼方《かなた》で、異星人らに囲まれているのだ。

壁の向こうからは、笑い声や怒声《どせい》、バタバタ、ドスドスと激しく動き回っている音もすれば、謎《なぞ》の奇声《きせい》も聞こえてくる。外で待ち構えている異星人たちに襲《おそ》われるくらいなら、この狭い世界で生涯《しょうがい》を終えることも致《いた》し方《かた》ないのかもしれない。しかし、そんな決意もむなしく、目の前の壁《かべ》の上に、菩薩《ぼさつ》スマイルがとつぜん現れた。

「あらあら。トイレなんかに閉じこもって、具合でも悪いんですか?」

異星人サイズに作られた保育園のトイレは、大人が中をのぞけるくらい壁が低いことを、すっかり忘れていた。そして、扉《とびら》は容赦《ようしゃ》なく開け放たれ、オレはあっ気なく異星人たちの前に、この身をさらすこととなった。

「園児用のトイレが、外から開けられるようになっててよかったわ」

主任《しゅにん》の池田百合子《いけだゆりこ》は、菩薩スマイルをキープしたままオレに言った。この主任は、大正から昭和にかけての画家・岸田劉生《きしだりゅうせい》の作品「麗子像《れいこぞう》」のモデルではないかと思えるような、バツンと切りそろえられたオカッパ頭で、いつも不気味《ぶきみ》な笑《え》みを浮かべているので、オレは、会った瞬間《しゅんかん》に「麗子像」というあだ名を、密《ひそ》かにつけてやった。

麗子像は、出勤初日、わずか20分でトイレに籠城《ろうじょう》したオレを、怒るでもなく、さとすように言った。

「無理しないで、ゆっくり慣れていきましょうね」

こんな場所に慣れるつもりなんてない。「慣れる」というのは、それを日常として受け入れられるようになるということだ。この星がオレの日常？　冗談《じょうだん》は顔だけにしてほしい。言葉もロクに通じず、理屈《りくつ》に関係なく笑ったり泣いたりするようなこの異星人たちと、このオレが日常をともにできるはずがない!!!　オレは大事なものを守るために、半年間の期限つきで、悪魔《あくま》と取り引きをしただけだ。あの人魚姫《にんぎょひめ》だって、足を手に入れるために、魔女に美しい声を奪《うば》われるという、コスパの悪い取り引きをした。人生には、避《さ》けることのできない取り引きがある。人魚姫は、愛のために。オレは、オレのために。

ドスッ！

とつぜん視界が覆《おお》われた。それと同時に、顔面にはげしい痛みを感じ、驚《おどろ》きでオレのハイスペックな脳みそは一時停止。

「遊ぼうぜ」

「人の顔面にボールを投げる」という遊びの誘《さそ》い方《かた》を、オレは生まれて初めて知った。これだから言葉の通じない異星人は嫌《いや》なのだ。いや、コイツらは、異星人というよりは、「未完星《みかんせい》人《じん》」である。ルーカスが作り上げたキャラクターたちより、もっと悪質でタチの悪いコイツらと、オレは本当にこれから半年間、戦わなければならないのか……。

これは、オレのライフラインをかけた、戦いの叙事詩《じょじし》——スター・ウォーズだ。

叔父《おじ》から連絡《れんらく》を受けたのは、ちょうど1週間前のことだ。母親が仕事に出かけ、いつもの静寂《せいじゃく》に包まれた我が家に、家の電話の音が何度となく鳴《な》り響《ひび》いた。部屋でパソコンをいじりながら、電話が鳴《な》り止《や》むのをじっと待っていたオレだったが、さすがに21回目にはその不協和音《ふきょうわおん》に耐《た》えられなくなり、受話器を上げてしまった。

「優太郎《ゆうたろう》、エライことになった。姉さんが救急車で病院に運ばれたんだ。急いで病院に来い。じゃないと、後悔《こうかい》することになるぞ」

緊迫《きんぱく》した叔父の声を聞いても、すぐに病院へ駆《か》けつけることにためらいがあった。なぜなら、この6年の間、オレの世界はほぼ6畳《じょう》の自室だけで、太陽が息巻《いきま》いている時間に外出することなど、1度もなかったからだ。

「神童」と呼ばれていたオレは、今、「ニート」と言われている。

やっとの思いで病院に着いたオレは、母の危篤《きとく》の知らせと、久しぶりに外に出たことで、軽いパニックを起こしていた。途中《とちゅう》、病院の場所がわからずに、交番で道をたずねようとしたが、最初の一声を何にしようか40分も交番の前で迷《まよ》い、不審者《ふしんしゃ》と思われて、逆に警官から声をかけられた。手間がはぶけて、結果オーライ。

病院の鏡《かがみ》に映《うつ》った自分は、汗《あせ》だか涙《なみだ》だか鼻水だかわからないもので顔がグチャグチャになっていた。髪《かみ》も爪《つめ》も伸《の》び放題《ほうだい》。ズボンはダルダルで、シャツにはミートソースの染《し》みがクッキリと付着している。かつて近所のおばちゃんに、勝手にアイドルオーディションに履歴書《りれきしょ》を送られたほど、長身で整った顔立ちをしていたオレは、現在、警官の見立て通り、不審者の特徴《とくちょう》の集大成《しゅうたいせい》ともいえる完成度を誇《ほこ》っていた。

「優太郎!?」

聞き慣れた声が、オレの名を呼んだ。振《ふ》り返《かえ》ると、なぜか危篤《きとく》であるはずの母親が、叔父《おじ》に支えられながら、血色のいい顔で立っていた。

母親は、ビル清掃《せいそう》のパート中に階段からすべり落ち、足を骨折しただけだった。全治《ぜんち》3ヵ月。突然《とつぜん》のことでオレはすっかり忘れていた。叔父が話を大《おお》げさにする天才だということを……。

「ずいぶん会ってないうちに、優太郎もすっかりオジさんになったな。社会に貢献《こうけん》してなくても、やっぱり年齢《とし》だけはイッチョマエに取るんだな。くたびれたサラリーマンみたいじゃないか。いや、お前の場合、くたびれた無職か。っていうか、お前、無職のくせに、何にくたびれてんだよ。あはははははは」

叔父は悪びれた様子など少しも見せず、オレのガラス細工《ざいく》のような繊細《せんさい》なハートを、パリパリと簡単に割っていった。オレは、このガサツで適当な叔父が、昔から苦手だった。いつも、適当なことや、大げさなことを言って、周りを振《ふ》り回《まわ》すのだ。しかし、今回は一つだけ、叔父の言っていたことで、正しかったことがある。「エライことになった」というのは間違《まちが》いではなかった。

病室に場所を移し、だんだんと冷静になって状況《じょうきょう》を把握《はあく》しはじめたオレは、母親のケガがいくら右足の骨折で命に別状はないとはいえ、オレのライフラインを絶つには十分であることに気づいてしまった。危機的状況《ききてきじょうきょう》にもかかわらず、冷静に自分の置かれた状況を把握してしまう自分が憎い。

そんな不安なオレをよそに、母親はのん気にファッションチェックをはじめる。

「ヤダあんた。シャツに染《し》みがついてるじゃない。ズボンもそんなのはいて……。ちゃんと着《き》替《が》えて来ないさいよ。みっともないわねぇ」

病院へ来るために、オレはちゃんと着替えて来た。しかし、オレの持っているズボンは、どれもダルダルであり、シャツは、すべてどこかにミートソースの染みが付着している。我が家は、週に1回のヘビーローテーションでミートソースが食卓《しょくたく》に並び、そのたびにオレはソースをシャツに飛ばすのだ。

母親が入院してしまった今、しばらくあのミートソースは食べられない。そもそも、母親が3ヵ月間パートを休むとなると、我が家の収入源《しゅうにゅうげん》はなくなる。少しくらいは貯金があるだろうが、そんなもの入院費に消えていくだろう。2ヵ月に1度の母親の年金で、33歳の成人男子が生きていけると思っているのだろうか。そもそも、食料をどう調達すればよいのか。

食事だけではない。電気代を払わなければパソコンも使えない。パソコンを使えなければ、時代からどんどん取り残されていく。オレは、引きこもりではあるが、世捨て人ではない。いつか世の中の最前線に返《かえ》り咲《ざ》き、華々《はなばな》しい活躍を見せる人間なのだ。今は、まだその時期ではないだけだ。いつか絶好のタイミングで再デビューするためにも、オレは健康な身体を維持《いじ》し、パソコンであらゆる情報を収集しておかなければならない。

生活保護を受給するしか手はなさそうだと、真剣《しんけん》に考えているオレに、まさかの人物から救いの手が!!!

「金のことは心配いらん。俺《おれ》がなんとかするから」

キターッ!!!!!!!!!

ガサツでもなんでも、やはり持つべきものは親戚《しんせき》だ。ありがとう叔父さん! これからも、頼《たよ》れる者には、とことん寄りかかって生きていこうと、オレは心に誓った。「人」という漢字は、完全に一方がもう一方に寄りかかっているのだ。

しかし、これまで通りの生活を確保することができたと安堵《あんど》し、さっそく家に帰ろうとすると、叔父が妙《みょう》なことを言った。

「優太郎は、今日からしばらくウチに来なさい。あの部屋に戻《もど》ったら、また引きこもりになって、明日出勤できなくなるだろ」

シュッキン???

「すまんすまん。肝心《かんじん》なことを言い忘れていたな。せっかく部屋を出られたことだし、これを機に、ウチで働いてもらおうと思ってな」

は？

「姉さんがこんな状況《じょうきょう》なんだから、お前が働かないといかんだろ。入院費も、お前の給料から天引《てんび》きするから心配ないぞ。まぁウチの保育園も、ちょうど人手不足で困《こま》ってたから。こういうのを、渡《わた》りに船《ふね》って言うんだな。あはははははは」

ワタリニフネ？　どこにも渡るつもりはないのに、勝手に船に乗せるんじゃない！　金だけ船で運んできてくれれば、それでいいんだ！　救いの手を差《さ》し伸《の》べたと思わせて、一気に地獄《じごく》に突《つ》き落《お》とすなんて、叔父は悪魔に違《ちが》いない。しかし、オレの魂《たましい》の叫《さけ》びも空《むな》しく、母親は嬉《うれ》しそうに、悪魔との取引きを進めていた。

「保育士の資格を取っといてよかったわねぇ。やっぱり資格ってもんは、取れるだけ取っといたほうがいいのね。さすがは賢《かしこ》い息子。母親として、鼻が高いわ。おほほほほほほ」

母親の不慣れな小芝居《こしばい》を見て、合点《がてん》がいった。母親と叔父は、これをチャンスに、オレを外に出して働かせようとたくらんでいる。だから叔父は、金のことは心配ないと、柄《がら》にもなく男前《おとこまえ》な発言をしたのだ。

それから先は、完全に悪魔のペースだった。でもしかたない。大事なものを守るためには、悪魔のペースに乗っかることも必要なのだ。そうだろ人魚姫？

オレは今、叔父の経営する保育園「ネオキッズらんど」の職員室で、麗子像《れいこぞう》から説教を受けている。

「何が嫌《いや》だったんですか？　ここに来て、まだ仕事は、園庭《えんてい》の掃除《そうじ》と、洗濯《せんたく》したタオルを干《ほ》しただけでしょう？」

このネオキッズらんどでは、乳児《にゅうじ》のオムツ替《か》えや調乳《ちょうにゅう》、食事補助《ほじょ》などは、保育士が行う。そのほかに、「保育補助スタッフ」として、掃除《そうじ》や洗濯《せんたく》やその他細々《こまごま》とした雑用全般《ざつようぜんぱん》の仕事もある。6年も社会と断絶《だんぜつ》していた人間に、突然《とつぜん》園児の世話を任《まか》すわけにはいかないという、叔父の珍《めずら》しくまともな判断により、オレは保育士の資格がありながら、「保育補助スタッフ」として働きはじめた。

オレは、掃除や洗濯が嫌でトイレの個室に逃げたわけではない。洗濯をしている最中に、園庭で遊んでいた園児たちが寄って来たのだ。

今日来たばかりの33歳の中年男が、よほど珍《めずら》しかったのだろうか。あっという間に取《と》り囲《かこ》まれ、オレはパニックに陥《おちい》った。なぜか保育補助のオレを、「ゆうたろうセンセー」と呼び、初めて会ったにもかかわらず、馴《な》れ馴《な》れしくオレの身体に触《ふ》れ、個人情報を根《ね》掘《ほ》り葉《は》掘《ほ》り聞き、それでいてオレの答えなどほとんど聞いていない。オレは、まるで猿山《さるやま》に捨てられた気分になり、気づいたら男子トイレの個室にいたというわけだ。

「トイレに閉じこもるなんて、大人がすることじゃないわね。東大に入った脳みそがあるんだから、もう少し頭を使った抵抗《ていこう》のしかたはなかったわけ？　保育するほうじゃなくて、されるほうのがいいんじゃないの？　まぁアタシは、アンタの保育なんてごめんだけどね。アハハハハハハ」

麗子像《れいこぞう》の横から、口を挟《はさ》んできたのは、リーコだった。リーコこと山里理沙子《やまざとりさこ》は、叔父《おじ》である山里幸蔵《やまざとこうぞう》の娘《むすめ》で、つまりオレの従妹《いとこ》にあたる。4年前まで大手広告代理店でバリバリ働いていたが、何か問題を起こしてクビになり、今は保育士として父親の保育園を手伝っていると、以前母親から聞かされたことを思い出した。

リーコは、ハイヒールを履《は》くとオレと同じくらいの身長になるうえに、水泳で鍛《きた》え上《あ》げたガッチリした肩幅《かたはば》から、今まで何度かニューハーフと間違えられてきたらしい。子どもの頃、オレの青アザを思いっきり指で押し、悶絶《もんぜつ》する顔を見てケラケラと笑って以来、オレにとっては、叔父と同様、苦手な人種である。

「理沙子先生、笑いごとじゃありませんよ」

リーコに反論したのは、この園で一番若い間宮千尋《まみやちひろ》だ。保育士の専門学校を卒業し、保育士とは何かを徹底的《てっていてき》に勉強したらしく、異様に高い声で、教科書から抜《ぬ》き出《だ》したようなことばかり言う女だった。虫眼鏡《むしめがね》のようなレンズの厚い眼鏡をかけているので、「虫眼鏡」というあだ名をつけてやった。

虫眼鏡は、一まわり近く年上のオレに、かなり上から目線で説教をした。

「園児の手本になるべきなのに、あんなことをして恥《は》ずかしいと思わないんですか?」

全然恥ずかしくありませんけど。

「それに、先生と呼んだ園児に、『自分は先生じゃない』と言ったらしいじゃないですか!?」

それが何か?

「保育士でも、保育補助でも、園児からみたら、みんな先生なんですよ。もっと、先生の自覚をお持ちになったほうがいいんじゃないですか？」

自覚も何も、オレは先生なんかじゃない。

そもそも保育士は「先生」と言われるほど偉《えら》いのか？　ただ子守をしたり、子どもと遊んだりして、給料がもらえているように見えるが、楽な仕事ではないのか？　それに比べて、引きこもりだったオレは、誰《だれ》からも給料をもらうことなく、もくもくと世の中を変えるチャンスをうかがい、万全《ばんぜん》の準備を整えていた。将来、多大なる社会貢献《しゃかいこうけん》を果たすであろうオレが無給なのに、子どもの世話をしているだけの、こんな小娘《こむすめ》に給料が支払《しはら》われているなんて、世の中は不公平だ。

保育士になりたてで、世間知らずの虫眼鏡に、「オレに物申《ものもう》すなど千年早い！」とハッキリと教えてやろうと思った。

「オレに物……もの…………も…………申し訳ありませんでした……」

オレは大人だ。こんなところでムキになるのは、やめておいた。

だいたい、こんな愚《おろ》かな奴《やつ》らと顔を合わせるのも今だけだ。この保育園も、叔父の家も、耐《た》えられない。昨日はあまりの環境《かんきょう》の変化に、心身ともに対応しきれなかったため、叔父の家に到着《とうちゃく》してから、死んだように眠《ねむ》り込《こ》み、朝はリーコに引っ張られて、無理やり園に連れられてきた。

今日こそ、オレは絶対に自分の城へ戻《もど》る！

交換条件《こうかんじょうけん》である入院費と生活費の問題はあるが、それもなんとかならないわけじゃない。生活保護を申請《しんせい》するか、最悪、消費者金融《しょうひしゃきんゆう》から金を借《か》りて、母親が退院してから、母親が少しずつ返していけばいい。

窓の外では、週末に控《ひか》えた運動会のため、未完星人《みかんせいじん》たちがダンスの練習をしていた。教えている天野《あまの》めぐみという保育士は、大正ロマンの画家、竹久夢二《たけひさゆめじ》が描《えが》く女にどこか似《に》ていた。夢二が絵のモデルにした、妻の岸《きし》たまきも、こんな風に目が大きな女だったのではないかと思い、天野めぐみに、「たまき」というあだ名をつけることにした。

たまきは、顔立ちは整っているものの、目の下にクッキリとクマをつけ、健康状態はあまりよさそうではない。そのクセ、リーコに負《ま》けず劣《おと》らず気の強そうなオーラをかもし出しているので、やっぱりオレは苦手だ。

たまきの真似《まね》をしながら、一生懸命踊《いっしょうけんめいおど》る園児たちの中で、一人だけ目立っている園児がいた。

「5歳児クラスの藤本大也《ふじもとだいや》君です」

オレの心を読んだかのように、麗子像が言った。麗子像いわく、藤本大也は園内での行儀《ぎょうぎ》もよく、お絵描《えか》きも上手で運動も得意。保育士の手をわずらわせることのない、模範的《もはんてき》な園児だそうだ。そんな大也の唯一《ゆいいつ》の弱点は、リズム感がないこと。歌の時間も、いつも周囲を困惑《こんわく》させているらしい。今も、他の園児と同じ振《ふ》り付《つ》けをしているはずなのに、どんどんテンポが遅《おく》れていき、もはや同じ振り付けとは思えない仕上がりになっている。

「気になるなら、大也君のことは優太郎先生にお願いしようかしら。たしか、阿波踊《あわおど》り検定《けんてい》を持ってらしたわよね？」

母親がオレの履歴書の「資格欄」をビッシリうめたことを思い出した。

若い頃、何かの時に役に立つかもしれないと、手当たりしだいに資格や検定を取得した。まさか、それを後悔《こうかい》する日がやって来るとは……。

物腰《ものごし》が柔《やわ》らかいわりには、強引にことを進める麗子像により、オレは、落ちこぼれ園児の個《こ》人特訓《じんとっくん》をするハメになってしまった。まずは、オレが天野めぐみから、ダンスの振《ふ》り付《つ》けを教わることとなった。これが終われば、自分の城に戻《もど》り、明日からは、また平穏《へいおん》な生活に戻れるのだから、これくらいは我慢《がまん》しよう。

落ちこぼれ園児をオレに任せたいという麗子像からの提案に、たまきは「主任がそうおっしゃるなら……」と言いながらも、オレへの不信感と嫌悪感《けんおかん》をあらわにした。

オレが引きこもりニートであることは、リーコと、主任である麗子像しか知らない。他の職員は、わけあって園長の甥《おい》っこが手伝いにきたという認識であり、「わけあって」の部分については知らないのだ。ただ、リーコいわく、オレの身体からは、完全に社会不適合者の空気がかもし出されているらしい。

「鈴木さんは、保育の仕事初めてなんですか?」

この保育園に来て、オレを「優太郎先生」と呼ばなかったのは、叔父とリーコ以外には、たまきが初めてだった。

「……まぁ」

「保育士の資格を持ってるって聞きましたけど、子どもは好きなんですか?」

「全然。未熟《みじゅく》な人間には興味ないんで」

たまきは、それ以上何も聞いてこなかった。ただ、可愛《かわい》そうな人間を見るような目を、オレに向けた。そんな視線を受けるのは、もう慣《な》れている。25歳で会社を自主退社してから2年間、就職活動をしながらアルバイトをしていた頃《ころ》があった。どのバイト先でも、オレが口を開くたびに、誰かがが席を立つ。そして、いつしか誰もオレに声をかけなくなった。愚《おろ》かな人間は、想像力に乏《とぼ》しく、相手の本質を見抜《みぬ》く力に欠けており、自分と違う人間を排除《はいじょ》するしか能《のう》がない。自分と同じではない人間を認めないのだ。

たまきは、妙《みょう》に手の固《かた》い女だった。振《ふ》り付《つ》けを教わりながら、つい手がぶつかった瞬間《しゅんかん》、その固さに驚《おどろ》き、オレは思わずビクッとなった。手が触《ふ》れたことに反応したと思ったたまきは、露骨《ろこつ》に不快な顔をする。

心外《しんがい》だ。このオレが、女の手に触れたくらいで、動揺《どうよう》するわけがないではないか。今までオレが、どれほどの女を泣かせてきたか。オレのすべてが失礼だと怒《おこ》って泣いた女もいたし、オレを不審者《ふしんしゃ》と思《おも》い込《こ》んで恐《こわ》いと泣いた女もいた。「どうしてこんな風になっちゃったんだろう……」と情けなくて泣いた母親もカウントすると、両手でも足りないくらいの女たちを泣かせてきた。どんな種類の涙《なみだ》であれ、オレが泣かせたことには変わりはない。

結局、なんでもソツなくこなしてしまうオレは、1時間で振《ふ》り付《つ》けをマスターし、落ちこぼれ園児である大也にマンツーマンで教えることとなった。

とはいえ、言葉の通じない未完星人に何かを教えるなんてご免《めん》なので、適当に時間をつぶし、頃合《ころあ》いを見計《みはか》らって、麗子像にギブアップする作戦にした。嫌《いや》なことからは、逃《に》げればいい。

仕事を終えた母親が迎《むか》えに来るまで、特訓《とっくん》をすることになった大也は、明らかに落《お》ち込《こ》んでいた。どうやら、落ちこぼれである自覚があるらしい。オレがいつまで経《た》っても特訓をしないで、芝生《しばふ》に腰《こし》かけてボーっとしていると、不思議そうな顔をした。

「ゆうたろうセンセー、やらないの？」

「オレをセンセーと呼ぶな」

「だって、百合子センセーがそう言ってたもん」

「百合子？　……ああ麗子像か」

「レイコゾ？」

「とにかく、オレをセンセーと呼ぶんじゃない。先生という言葉は、敬意を込《こ》めた相手に対する呼称《こしょう》だ。お前はオレを尊敬してるのか？　そんなことないだろ。オレは、自分のことを何も知らない人間から、『先生』と呼ばれる筋合《すじあ》いはない。だいたい、オレは、『先生』と呼ばれて偉《えら》そうにふんぞり返っている大人が大嫌いなんだ。だから、オレをセンセーと呼ぶのはやめろ。わかったか？」

「ゆうたろうセンセー」

　未完星人が言葉の通じないことを忘れていた。

「ボク、走るのはトクイだよ」

　当然、会話のキャッチボールもできない。

「ねーねー、どうして？」

「それはこっちのセリフだ。どうして、オレがこれほどエネルギーを使って話しているのに、お前には伝わらないんだ」

　目の前の未完星人は、とことんオレの言うことをスルーした。

「どうしてみんなできるのに、ボクだけできないんだろう？」

その言葉は、オレの心臓の真《ま》ん中《なか》をドンと思い切りついてきた。みんなできるのに、自分だけできない――。オレの脳裏《のうり》に、就職先での日々が蘇《よみがえ》ってきた。

「神童」と呼ばれ、東大を卒業し、大手通信会社に就職したオレは、企画営業部《きかくえいぎょうぶ》という花形部署で、必死に仕事を覚え、一番の成績を上げようとした。しかし、いつまで経っても結果はついてこなかった。他の奴らがどんどん成績を伸ばしている中で、オレだけが何もできない。努力したら、その分だけ結果が出ると、身をもって証明してきたオレには、考えられないことだった。オレよりも頭が悪く、努力もせず、同期の奴らと飲み歩き、先輩《せんぱい》にゴマをすることしか能のない、愚か者《おろもの》たちができているのに、どうしてオレにはできないのだろうか。生まれて初めて、考えても答えの出ない問題にぶつかった。だからオレは、自分なりに仮説を立てたのだ。

「いいか。他の奴と同じことができないのは、それが、お前には必要のないことだからだ。その分、他の奴にはできないことが、お前にはできるはずだ。だから、できないことを悩《なや》む必要はない。お前には、もっと違う、才能があるんだ」

「ちがうさいのう？」

「例えば……。走るのが得意なら、お前には走る才能があるんだ。ダンスができなくても、徒《と》競走《きょうそう》で1番になればいい。そもそも、ダンスは1番を決める種目ではない。そんなもので頑《がん》張《ば》ったって何の意味もない。ちゃんと、お前の能力を十分に発揮《はっき》できるもので、評価してもらえばいいんだ。だから、ダンスは頑《がん》張《ば》らなくてよし！」

「みんな、がんばってやってるよ」

「みんな？　お前の言う『みんな』とは、天才とはほど遠い未完星人《みかんせいじん》だ。そんな奴らと同じになろうとしなくてよし！　お前は1番を取る人間になればいい！　わかったな」

なぜだかオレは熱くなってしまった。会社にいた頃《ころ》の自分にも、こんな風に言ってくれる大人がいてくれたら、少なくともあの事件を回避《かいひ》することができたのかもしれない。

「ゆうたろうセンセーの言ってること、よくわかんない」

残念ながら、目の前の未完星人には、オレのような立派な大人の教えを理解する能力はなかったようだ。

「とにかく、ダンスなんかできなくても、この先の人生に何の問題もなし！　そんなものを無理してやる必要はないってことだ。わかったな」

「運動会はどうするの？」

「嫌《いや》なら休めばいい」

「ダメだよ。保育園行かないと、お父さんとお母さんがこまるよ。ボクが家にいると、お仕事行けないもん」

「土曜日も仕事なのか？　だったら、運動会も観《み》に来ないんだな」

「そうだよ」

大也は特に落ち込んだ様子もなく、当たり前のようにオレに言った。

「だったら、ダンスの時間だけ休めばいい」

「どうやって？」

オレは、大也に振《ふ》り付《つ》けを教える代わりに、大人でもコロッとだませる、仮病《けびょう》テクニックをさずけてやった。これまで、オレが会社やバイト先を休む際《さい》に、何度も使ったテクニックだ。

オレはなんて優しい大人なのだろう。

その日の仕事帰り、リーコの監視《かんし》つきで帰ったオレは、行きたくもないのに、入院中の母親の見舞《みま》いに行くこととなった。

　母親はオレを見るなり、目を丸くした。

「アンタ、今日1日もったんだね」

　第一声がそれかよと、オレはムッとした。

「てっきり途中《とちゅう》で抜《ぬ》け出《だ》して、また部屋に引きこもってるかと思ったから。頑張《がんば》ったのね。偉《えら》いじゃない」

　33歳にもなって、1日仕事をしただけで親にほめられるのは、世界中でオレだけだろう。しかし、オレは恥《は》ずかしくない。たとえ1日でも、オレは未完星人《みかんせいじん》たちと戦ってきたのだ。

「おばさん、甘《あま》やかし過《す》ぎだよ。こんなの、偉くもなんともないからね。それに、途中で保育園を抜け出そうとしてたんだし」

　リーコは、「トイレ立てこもり事件」について、ご丁寧《ていねい》に事細《ことこま》かく母親に説明した。そして、オレのことを「社会人失格」だと、何度も繰《く》り返《かえ》した。リーコの話を聞いた母親は、園のみんなに迷惑《めいわく》をかけて申し訳ないと、頭を下げ続ける。それを見て、オレは無性《むしょう》にイライラした。

わざわざ入院中の母親に、なぜリーコはこんな話をするのだろうか。オレは腹が立ったので、リーコに言い返してやった。

「……他人《ひと》のこと言える立場かよ」

「どういう意味？」

オレはリーコの目を見ずに続けた。

「前の会社でクビになったんだろ？　今時、クビなんてなかなかないぞ。相当使えない奴ってことだぞ。お前こそ社会人失格だろ」

言い返せばいいのに、リーコはなぜか黙《だま》ったままだったので、オレはいたたまれなくなり、さらに続けるしかなかった。

「言っとくけどな、オレは引きこもりのニートだが、会社をクビになったことはない。オレが会社をみかぎったんだ。お前とは違うんだ」

黙《だま》ったままのリーコの代わりに、母親がストップをかけた。

「優太郎、いい加減《かげん》になさい！」

こんなことを言って、イライラが収まるはずがないことはわかっていた。でも、どうしても止められなかった。

　悲しそうな顔をして黙っていたリーコは、すぐにいつもの表情に戻《もど》った。

「そういうところは相変わらずね。本当にガキなんだから。やっぱりアンタは、保育するほうじゃなくて、されるほうのがいいんじゃないの？　まぁアタシはごめんだけどね。アハハハハハハ」

　いつもよりオーバーに笑っているように思えるリーコも、しきりにリーコに謝《あやま》っている母親も、どちらもオレを嫌《いや》な思いにさせた。言いたいことを言ったはずなのに、どうしてこんなに気分が悪いのだろうか。考えても答えが出ない問題が、オレは大嫌《だいきら》いだ。だから、他人なんかと関わりたくない。


　帰り道、リーコは嫌がるオレを、強引に病院近くの立ち飲み屋に連れてきた。

「この辺なら保護者の目も気にしないで、思う存分《ぞんぶん》飲めるからいいでしょ」

　そもそも、思う存分飲みたくないオレは、「いいでしょ」の意味がわからなかったが、とりあえず逆《さか》らわないことにした。

リーコは、さっき病院で見せた悲しそうな顔を、もう思い出せないほど、楽しそうに酒を飲み、焼き鳥を頬張《ほおば》りながら、上から目線でオレに説教を続ける。

「だからあんたは駄目《だめ》なのよ。保育するほうじゃなくて、されるほうのがいいんじゃないの？まぁアタシはごめんだけどね。アハハハハハハ」

このくだりは、今日で何度目だろうか。同じ曲は繰《く》り返《かえ》し聴《き》けるのに、同じ話を繰り返し聞くのは、拷問《ごうもん》でしかないことに、今更《いまさら》ながらオレは気づいた。早く時間が過ぎることだけを祈《いの》り、カルピスサワーをちびちび飲んでいると、酔《よ》っぱらったリーコが、オレの顔をまじまじと見て言った。

「あんたってさ、小さい頃から勉強も運動も、何もかも一番で可哀想《かわいそう》な奴《やつ》だよね」

一番で可哀想？　酒のせいで日本語を間違えたのだろうか。

「一番は一番でしかないでしょ。けど、一番じゃないのはいっぱいあんだから、凄《すご》いのよ」

まるで意味がわからなかったが、すでに目のすわっているリーコに、何を聞いても納得できる解答を得られなそうもないので、オレは黙《だま》ってカルピスサワーを口に含《ふく》んだ。すっかり氷が解けて、汗をかいたグラスからポタリと大きな水滴《すいてき》がオレの膝《ひざ》に落ちた。冷たかった。オレは、全然可哀想なんかじゃない。

それからも、リーコのとりとめのない話は続き、気づいたらもうすぐ日付が変わろうとしていた。店にはもう何組かの客しかいなかったが、どの客もでき上がっていて、脂《あぶら》ぎった赤い顔で騒《さわ》いでいた。6年間自分の部屋にこもっていたオレには、こんなに賑《にぎ》やかで明るい深夜0時が奇妙《きみょう》だった。泥酔《でいすい》するリーコの隙《すき》をついて逃《に》げ出《だ》すこともできたが、そんな体力は残っていない。オレはそれほど疲《つか》れていた。窓に映った顔は、完全におじさんである。当たり前か。もう33歳なのだから……。

その時、窓の向こうに、オレ以上に疲《つか》れた顔で、自転車を引いているたまきを見つけた。夜遊びをしていたとは思えない地味《じみ》な服装で、髪《かみ》をボサボサにしながら、帰路《きろ》を急いでいる。こんな時間に、こんな場所で、いったい何をしていたのか。リーコにたずねようとしたが、もはや会話が通じる状態ではなかったのでやめておいた。オレには関係のないことだ。

6年間、6畳《じょう》の部屋で、穏《おだ》やかな生活を送って来たオレには、今日1日が、1年のように思えた。明日こそ、自分の城《しろ》に戻ろう。

翌朝オレは、叔父《おじ》と、叔母《おば》と、リーコと4人で、1つの食卓を囲んで朝ごはんを食べていた。2日目だが、慣れるはずがない。母親とも食事をせず、自分の部屋で食事を摂《と》っていたオレが、他人と食卓を囲むなんて……。二日酔《ふつかよ》いのリーコの口数が少ないことが、せめてもの救いだったが、その分、叔父が朝から口の中の物を飛ばしながら、トークも豪快《ごうかい》に飛ばしていた。

「優太郎。お前、藤本大也のダンスの特訓《とっくん》を引き受けてくれたんだってな。百合子先生が言ってたぞ。ただ振《ふ》り付《つ》けを教えるだけじゃなくて、藤本大也の話を、親身に聞いてやっているって。なかなかできることじゃないって、百合子先生がほめてたぞ」

おそらく麗子像は、オレが大也に、仮病《けびょう》のテクニックを教え込んでいる場面を、目撃《もくげき》したのだろう。

「大也がみんなと同じようにできるといいよな」

叔父の言葉に、笑いをこらえるのが必死だった。週末の運動会、大也は仮病《けびょう》でダンスを辞退《じたい》するのに、大人たちは何も知らずに期待している。みんなと同じであることが、正しい事だと信じ込んで。

運動会までは、この星にとどまってみてもいい気がしていた。自分の城に戻《もど》るのは、愚《おろ》かな大人たちが、「みんなと同じである必要なんてない」と気づくのを、見届けてからでも遅くはない。

それから、オレと大也は、ダンスの練習をしているフリをして、仮病の練習をした。大也の場合、ダンスができないことは周知《しゅうち》の事実なので、仮病だと見抜かれる可能性がある。だから、決して自分から「おなかが痛《いた》い」とは言ってはいけない。つらそうな顔で、「それでも無理して頑張《がんば》ります」というオーラを全開にする。そうすると、必ずおせっかいな人間が、声《こえ》をかけてくるはずだ。自分から腹痛を訴《うった》えていない分、仮病を疑《うたが》われるリスクも低い。そして、ダンスが終わる頃に痛みが収まったと元気な顔を見せれば、きっとストレスのせいだろうと周りは考える。「ストレス」とは便利な言葉だ。次の徒競走に復帰して、見事に1番を獲得《かくとく》すれば、「具合が悪かったのに1番なんてすごいね」と、むしろほめられるだろう。この計画は、絶対にうまくいく！

「こんなことして、めぐみ先生に怒《おこ》られないかな？」

担任のたまきを恐《おそ》れている大也に、「すべては徒競走で1番を取れば問題なし！」と伝えた。

一番を取れば、みんながほめてくれる。

そして、運動会の日を迎《むか》えた。

オレは勉強だけでなく、運動もできたので、運動会でもいかんなく、その能力を発揮《はっき》してきた。しかし、力を発揮できたのは、徒競走などの個人種目だけ。騎馬戦《きばせん》やリレーなど、誰《だれ》かと力を合わせてやる種目は、だいたいその「誰か」が足を引っ張り、オレの能力を無駄遣《むだづか》いする。最初のうちは、なぜオレのレベルまで上がってこないのかと怒《いか》りをぶつけていたが、無駄にエネルギーを消費しているだけだということに気づき、それからは最初から力を抜いてやった。

10月の冷たい風が吹《ふ》く中、運動会は始まった。保護者や職員に囲まれ、園児たちは、走ったり、転がったり、飛《と》び跳《は》ねたり、各種目をこなしていく。そんな中、園長である叔父は、さっきから、ある園児の母親と何やらもめている。

大也の仮病作戦以外、まったく興味のなかったオレは、日陰《ひかげ》に腰《こし》かけて、叔父の家の本棚《ほんだな》から勝手に拝借《はいしゃく》した、芥川龍之介《あくたがわりゅうのすけ》の『河童《かっぱ》』を読みはじめた。

これは、河童の住む不思議な国を描きながら、人間の醜《みにく》さや欲望を鋭《するど》くえぐる、芥川の晩年《ばんねん》の代表作である。小学6年の頃に初めて読んだ時は、芥川は随分《ずいぶん》病《や》んでしまっていると、気《き》の毒《どく》に思ったが、今のオレなら、その気持ちが少しわかるかもしれない。言葉の通じない未完星人たちと、このまま一緒《いっしょ》にいたら、オレの心は病んでくるに違いない。

「阿呆《あほう》はいつも彼以外のものを阿呆と考えている」

その文章について考えていると、視界の隅に小麦色《こむぎいろ》の肌《はだ》が入り込む。

「優太郎先生何やってんですかぁ〜。もうすぐゾウさん組のハイハイリレーですよ。昨日お願いしたの覚えてますよね？　元気にハイハイコールお願いしますよ。ハ〜イハイハイ！　ハ〜イハイハイ！」

目の前にいるオレに向けられているとは思えないほど、大きな声で話しかけてきたのは、このネオキッズらんどで、唯一の男性保育士である清家和也《せいけかずや》だ。日焼けした引《ひ》き締《し》まった身体と爽《さわ》やかな笑顔で、園児のみならず、母親たちからも絶大《ぜつだい》な人気らしい。とにかく声が大きく、底抜《そこぬ》けに明るいところが、いかにも頭が悪そうなので、メガホンとバカボンをかけて、「メガボン」と名づけた。

メガボンに連れられ、0歳児のリレーの場所に行ったオレは、そわそわしていた。5歳児のダンスは次なので、そろそろ大也の仮病作戦が発動する頃だ。計画した通りに行くだろうか……。

メガボンの園内中に響《ひび》き渡《わた》る「ハ～イハイハイ！」という掛《か》け声《ごえ》とともに、0歳児が地面を這《は》いながら進んでいく。ハイハイしている0歳児は、誰一人ゴールしたいわけじゃない。ゴールの向こうで待っている母親や父親に向かって、夢中でハイハイをしている。そこへ行けば、優しく抱《だ》っこしてもらえることを、本能的にわかっているのだろう。子どもは生まれた時から、親にほめられたい生き物なのだ。頑張ったねと、頭をなでてもらいたいのだ。

あわてた顔でやって来たたまきが、近くにいた麗子像に耳打ちをした。

「大也君が？」

驚《おどろ》いた声を上げる麗子像《れいこぞう》を見て、オレは計画が順調にいっていることを理解した。気分が悪そうな大也を発見したたまきが、声をかけたところ、大也は「大丈夫《だいじょうぶ》」と言い張ったが、つらそうな顔をしているので大事を取らせ、今は保健室で休ませているらしい。計画通りだ。

ハイハイリレーが終わってから、オレはこっそり保健室へ向かい、大也の様子を見に行った。大也は元気なはずなのに、なぜか浮かない顔だった。きっと計画が完全に成功するまでは不安なのだろう。もしくは芝居《しばい》の間は役に入り込むタイプなのだろうか。

「そろそろダンスが始まる。これで成功だな」

「うん……」

しかし、なぜかダンスの音楽は一向《いっこう》に聞こえてこなかった。保健室の壁《かべ》だけ防音なのだろうか。不思議に思いつつも、オレは勝利を確信していた。あとはダンスが終わった頃に、元気な顔でクラスに戻ればよし！　これで大也は救われ、同じであることを強要する、阿呆《あほう》の大人たちに、間違いを気づかせることができる。オレは清々《すがすが》しい気持ちだった。

その時、5歳児の三島玲《みしまれい》が、大也の様子を見に、保健室へやって来た。あわててベッドで寝《ね》たふりをする大也を見ながら、玲はひどく心配した顔をする。

「だいや君。ダンスのれんしゅうやり過ぎて、つかれちゃったのかなぁ？」

寝たふりをして喋《しゃべ》れない大也に代わり、オレが答えてやった。

「相当ストレスがたまってるんだろうな」

「早く元気になってくれるといいなぁ」

「もうすぐ元気になる予定だ」

「次のダンスは出られるかな？」

玲の言葉に、寝たふりをしていた大也も飛び起きた。

「次のダンス!?」

ダンスは、今やっているはずではないのか!? 廊下《ろうか》に飛び出し、校庭を見ると、徒競走が行われていた。


オレのハイスペックな脳みそを持ってしても、想定できなかったことが起こっていた。なんと、種目の順番が変更になり、5歳児のダンスの前に、徒競走をやっていたのだ。さっき叔父に詰《つ》め寄《よ》っていた園児の母親が、「仕事の都合《つごう》で帰らねばならなくなったので、息子の得意な徒競走の時間を早めてほしい」と言ってきたそうだ。保護者に弱い叔父は、このモンスターペアレントの言いなりになり、すぐにOKを出したらしい。なんという番狂《ばんくる》わせ！

大也の元気な顔を見た玲は、すっかり安心して、「まってるね」と告げ、嬉《うれ》しそうに保健室を出て行った。

「まさか徒競走に出られないとは……」

徒競走に出場できず、大也が１等を逃《のが》したことが、オレは自分のことのように悔《くや》しかった。

「ひとまず仮病《けびょう》は延長《えんちょう》だな。ダンスが終わるまではここで」

そう言いかけた時、大也はベッドから降りて靴《くつ》を履《は》いた。

「ボク、行くね」

「何言ってるんだ！　順番が変わって、今からお前の苦手なダンスなんだぞ。今出て行ったら、ダンスをしなきゃならなくなるぞ！」

「ゆうたろうセンセー言ったでしょ。『１番を取る人間になればいい』って。ぼく、かけっこで１番取れなかったから」

「ダンスで１番なんてない」

「ボクは、玲ちゃんの１番になる」

「は？」

「玲ちゃんね、ボクのことが好きなの。でも、しんご君も同じくらい好きなの。今日、ボクが一緒にダンスしてあげなかったら、玲ちゃんは、きっとしんご君のほうが一番好きになっちゃうんだよ」

頭が混乱していたオレは、自分でもよくわからないことを口にしてしまった。

「お前もあの女の子が好きなのか？」

「好きだよ。でも一番じゃないよ」

少女マンガに出てくるような、キラキラした男の笑顔を、オレは生まれて初めて見た。こうして、色男の5歳児は、駆《か》け足《あし》でクラスに戻《もど》って行った。

オレはしばらくその場に立《た》ち尽《つ》くし、大也の言葉を理解しようと、頭をフル回転させた。しかし、やはり理解できなかった。苦手なダンスをして、玲に嫌《きら》われたらどうする？　一番好きな女でもないのに、そんなリスクを犯す必要がどこにある？

5歳児のダンスが始まった。案《あん》の定《じょう》、大也はぎこちないステップで、隣《となり》の玲を気にしながら、恐《おそ》る恐《おそ》る踊《おど》っている。これでは、玲の一番どころか、最下位になるかもしれない。

「やっぱり、優太郎先生にお任せして正解だったわ」

知らぬ間に麗子像が隣《となり》に立っていた。重たいおかっぱは、10月の風が吹《ふ》いてもビクともしていない。麗子像は、オレが何を教え込んだかも知らず、大也がダンスをやっているのは、オレのお陰《かげ》だと思っているらしい。

「徒競走に出られなかったのは残念だけど、まだ最後にリレーがあるからよかったわね。大也君は、一人で走る徒競走より、チームで走るリレーのほうが好きなのよ。一人で1番を取っても面白《おもしろ》くないって」

玲と手をつなぎ、ぎこちない踊《おど》りを見せながらも、なんだか楽しそうな大也を見て、やっとオレは理解できた。大也は、本当は、みんなと一緒にダンスを踊りたかったのだ。去年も一昨年も、大也の両親は運動会に来られず、1番を取ってもほめてくれる人はいなかった。大也にとって、たった一人で1番を取ることよりも、2番でも3番でもいいから、団体競技で仲間と一緒にとるほうが、何倍も嬉《うれ》しいことなのかもしれない。

子どもの頃、オレの両親は、運動会には必ず見に来てくれた。6歳の時に父親が亡《な》くなり、母親が働き始めてからも、必ず運動会の日は休みを取り、弁当を作って応援《おうえん》に来てくれた。そして、オレが1番を取ると、恥《は》ずかしくなるくらいにはしゃいで喜んだ。だから、オレは徒競走が好きだった。ハイハイリレーの0歳児のように、ゴールの向こうには必ず母親がいたから。オレは、そういう勝ち方しか知らない。たった一人で1番を取ることしか味わったことがない。「1番は可哀想《かわいそう》だ」とリーコが酔《よ》って言っていたことを不意に思い出した。

園庭では、まだ5歳児のダンスが行われている。相変わらず、大也はワンテンポ遅《おく》れている。でも、そんな大也の隣《となり》で踊《おど》る玲も、独特の振り付《つ》けをしていることに気づいた。他の園児も、どこかしら変わっていて、まったく同じ振り付けの者など一人もいない。それでも、みんな楽しそうな顔をして踊っている。やはり未完星人《みかんせいじん》の考えは理解不能だ。

みんなで同じことをしているのに、誰一人《だれひとり》同じじゃないじゃないか！

「保育のお仕事、結構《けっこう》向いてるのかもしれませんね」

麗子像の言葉に、オレは思わず自分の耳を疑《うたが》った。オレが？　保育の仕事に向いてる？　冗談《じょうだん》は顔だけにしてくれ！

「私たち職員とは一切《いっさい》目を合わせてくれないのに、大也君とはしっかり目を合わせてお話していたでしょう。優太郎先生は、園児の立場に立って、まっすぐに向き合っていくことのできる方だと感じました」

そんなの偶然《ぐうぜん》に決まっている。もともと伏《ふ》し目《め》がちなところに、背の小さい大也が、たまたま視線の先に入ってきただけだ。このオレが、子どもの目なら真っ直ぐ見られるなんてことが、あるはずない!!!

その時、背後から未完星人が声をかけた。

「ゆうたろうセンセーあそぼ!!!」

その未完星人にしっかりと目を合わせ、オレは言ってやった。

「オレはセンセーなんかじゃない!!!」

エピソード2

友だちなんか、いなくたっていい

無事《ぶじ》に運動会が終わって、保育園はいつもの毎日に戻《もど》った。でも、オレのいつもの毎日は戻ってきていない……。あれから、自分の城へ帰還《きかん》しようと何度か計画し、実行にも移したのだが、ことごとく失敗に終わり、今、自宅のカギは叔父《おじ》に没収《ぼっしゅう》されている。保育園の行き帰りは、ボディーガードのごとくリーコがついており、叔父の家に帰ってからも、ふすまの和室をあてがわれているため、自分だけの空間というものが、ほとんどない有り様《あさま》だ。オレは学んだ。和室しかない家では、引きこもりは育たない。引きこもりとは、日本家屋の西欧化《せいおうか》によって誕《たん》生《じょう》した人種なのだ。

「優太郎《ゆうたろう》先生はどう思われますか?」

麗子像《れいこぞう》の言葉で、オレは現実に引《ひ》き戻《もど》された。今は、職員会議の時間だ。未完星人《みかんせいじん》たちが来る前に、毎朝みんな集まって、「ああだこうだ」と、オレから言わせれば、実のない話を議論し合う。もちろん、オレはそんなものに興味はないので、広げたノートの左下に、『走れメロス』のパラパラ漫画を描《か》いて時間をつぶしている。

『走れメロス』は、行けば自分が処刑《しょけい》されるとわかっていながら、人質となった友を救うために、必死に走るのだ。メロスの代わりに人質となった友も、メロスが必ず迎《むか》えに来ると信じて待ち続ける。真の友情を描いた感動の名作である。しかし、オレ版のメロスは少し違《ちが》う。ページ目で走り始めたメロスは、最後のページで友を救うことができない。なぜなら、友はメロスを信じられず、先に逃《に》げ出《だ》したからだ。必死に走って帰って来ても、何の意味もない。純《じゅん》粋《すい》なメロスは、真の友情なんてなかったと、最後に気づくのだ。

そんなオレ版『走れメロス』は、もう少しで完成するはずだったが、麗子像の問いかけにより、中断せざるを得なくなってしまった。

今、保育士たちの視線は、オレに集中している。体内の血液がどんどん熱くなっていき、背《せ》中《なか》と脇《わき》にじっとりと汗をかく。こんな感覚は、あの時以来だ。黙《だま》っていれば、いつかは解放してもらえると思っていたのだが、アイツがしゃしゃり出てきやがった。

「アンタ頭いいんでしょ？　なんでもいいから、何か意見言いなさいよ」

自分の城を出て、この地獄《じごく》の日々が始まってから、「呪《のろ》いノート」に、リーコの名前を、もう何度となくつづっている。「呪いノート」登場回数2位、山里理沙子《やまざとりさこ》。

「理沙子先生。なんでもいいってことはないんじゃないですか？」

リーコにかみついたのは、リーコを抑《おさ》えて、堂々一位の登場回数を誇《ほこ》るたまきだった。運動会のダンスの振《ふ》り付《つ》けを教えて以来、たまきはオレを、完全に嫌《きら》っているようで、言葉はいつもトゲだらけだ。

「まだ経験が浅いからとか、保育補助だからとか、そんなの関係なく、この保育園で働くスタッフとして、責任ある意見じゃなきゃ意味がないと思いますけど」

オレの横で、いつの間にか、リーコとたまきのバトルは始まっていた。

「私は別に、そういう意味で言ったんじゃないですけど。どんな意見でもいいので、聞かせてほしいと言ったの」

「だから、『どんな意見でもいい』というのはおかしいと言ってるんです。役に立たない人の意見を聞いても、時間がもったいないと思います」

「そうかな。あんまり役に立たない人が、たまに、驚《おどろ》くようなアイデアを言うことだってあるでしょ?」

完全に意見が対立しているたまきとリーコだが、オレがこの園で、役に立っていないということに関しては、二人とも同じ意見らしい。

ここに来てからの一ヵ月、このバトルはもう何度も見ているので、さほど驚きはしない。望むのは、みんながオレに注目するようなことだけは、やめてほしいということだ。しかし、この女たちが、オレのガラス細工《ざいく》のハートを、気づかうはずもなかった。

「だったら、理沙子先生は、鈴木さんが実のある意見を言ってくれるっていうんですね？」

「それは聞いてみるまでわからないでしょ。めぐみ先生のように、最初から聞く耳を持たないのは、どうかと言ってるんです」

「わかりました。では、鈴木さんのご意見を聞いてみましょう。理沙子先生の言う通り、何かいいアイデアを言って下さるかもしれませんし」

たまきの言葉に、ふたたびオレに注目が集まる。

だから無神経なやつらは嫌《きら》いだ。リーコも、たまきも、言いたい事を言いたいだけ言って、むしろオレへのハードルをさらに上げているではないか。もはや、黙《だま》ったまま、この時間をやりすごすという選択肢《せんたくし》はなさそうだ。もう、倒《たお》れたフリをして、この会議を中断するしかない。

そんなことを考えていると、この職員室のサイズには似《に》つかわしくないデカイ声が、室内に響《ひび》き渡《わた》る。

「親御《おやご》さんに聞いてみるのが一番じゃないっすか？」

メガボンは立ち上がり、今までの流れを完全に無視して、オンステージで喋《しゃべ》りまくった。叔《お》父《じ》や麗子像《れいこぞう》も、さっきまでヒートアップしていたリーコとたまきも、メガボンの意見をうなずきながら聞いている。オレのほうを見ているやつなど、もう一人もいない。やっと解放された……。空気の読めない奴は、空気を変える力があるということを、メガボンから学んだ。


園外保育の時間は、まだ歩くのもままならない未完星人たちを、大人数用のベビーカーのようなカートで、近くの公園まで運んでいくのがオレの仕事だ。カートの中にいる未完星人の一人が、さっきからずっと、オレをニタニタとさげすんだ笑顔で見つめている。七福神《しちふくじん》のエビス様のような、でっぷりと肥《こ》えたこの未完星人は、東大を卒業したオレが、ひたいに汗して自分を運んでいる姿《すがた》が、とても楽しいらしい。三権分立《さんけんぶんりつ》さえ知らないこのエビスに、オレが見くだされている。おかしい！　これは絶対におかしい！

悔《くや》しくなったオレは、こんなエビスを押《お》していくのがほとほと嫌《いや》になり、思わず手を離した。こんなことやってられるか！　すると、エビスを乗せたカートがようしゃなくオレの身体に体当たりしてきて、オレの足は引かれた。

ここは上《のぼ》り坂《ざか》だったらしい……。

ギャハハハハハハハハハ
カートの中から、悪魔《あくま》の笑い声が聞こえてくる。『子どもは天使だ』と言ったのは、どこのどいつだ。

「優太郎先生、替《か》わりましょうか」

爽《さわ》やかな笑顔のメガボンを見たとたん、悪魔たちの顔は、友好的な笑顔に変わる。

どこからどう見ても、頭脳労働より肉体労働のほうが似合《にあ》うメガボンに、オレは遠慮《えんりょ》なくカートの運送業務《うんそうぎょうむ》を替わってやった。

「慣《な》れるまでは疲《つか》れますよね。仕事も人間関係も」

「わかりますよぉ～」といった空気をかもしだすメガボンに、「お前なんかに、オレの気持ちがわかるか」と思い、軽く鼻で笑ってやった。しかし、メガボンはへこたれない。

「僕ね、優太郎先生が入ってきてくれて、本当に嬉《うれ》しいんですよ。女だらけの中で、男一人はきついですからね。同志が欲しかったんですよ」

同志？

「男の保育士同士、仲良くしましょうね。どうですか？　今晩一杯《いっぱい》？」

メガボンからの誘《さそ》いは、毎週のようにあった。しかし、オレは一度もその誘いを受けたことがない。なぜなら、11月にも関わらず、半袖《はんそで》から小麦色の肌《はだ》を見せているメガボンと酒を飲みかわしたところで、得られるものなど一つもないからだ。だから、今日もオレは判《はん》を押《お》したように答える。

「遠慮《えんりょ》させていただきます」

メガボンも判《はん》を押《お》したように、返してくる。

「遠慮なんかしなくていいって言ってるじゃないっすか〜」

日本語は難しい。メガボンのような人種には、「バカがうつるので、行きたくありません」くらい言わなければ、気持ちは伝わらないのだろうか。

公園に到着《とうちゃく》してから、未完星人たちが遊び終わるまで、ひっそりと草むらに身をかくしておくことにした。園外保育で公園に来るたびに、オレはこの一人かくれんぼをしている。鬼《おに》はオレ以外の全員という、かなりハイレベルなかくれんぼ。世間ではこれを、〝ざぼり〟と言うらしい。この前は、運悪くリーコに見つかり、「はないちもんめ」をやらされ、ひどいはずかしめを受けた。「はないちもんめ」は、相手チームに「ほしい」と言ってもらえず、最後に一人で残る人の気持ちを、まったく考えていない残酷《ざんこく》な遊びだと、オレは思う。今日こそは、緑の中に身をひそめ、この時間をやり過ごしたい。そう思っていると、かたわらから未完星人たちの声が聞こえてきた。

「すげぇー。せいちゃんちのママ、モデルなの？」

輪《わ》の中心にいるのは、先月入園して来たばかりの小糸誠治《こいとせいじ》という5歳児だ。

「テレビにも出てんだよ。ドラマでしゅやくもやったんだから」

今まで母親が共演した相手として、有名アイドルや俳優《はいゆう》の名前を並《なら》べる誠治。芸能人にうといオレは、その名前のほとんどを知らなかったが、どうやら凄《すご》い人らしい。周りの5歳児たちのテンションが明らかに上がっている。

「スゴいのはママだけじゃないんだよ。うちのパパは、とうだいなんだから」

東大!?　オレのアンテナが反応した。この未完星人たちの中に、優秀《ゆうしゅう》な遺伝子《いでんし》を持った奴がいるとは……。

「しかも東大で一ばんの成績だったんだよ」

東大で一番!? オレのアンテナが更《さら》なる反応を示した。

「すごぉ～い」「やばぁ～い」と、同じ言葉を繰《く》り返《かえ》す未完星人たちに、気をよくしている誠治だったが、オレは我慢《がまん》ならずに口を挟《はさ》ませてもらった。

「お前の父親は何学部だ？ 何期卒業だ？ 高校時代の偏差値《へんさち》は？」

ポカンとしている誠治に、じれったくなり、これくらいならわかるだろうと別の質問をした。

「お前の父親の歳はいくつだ？ 生まれた月は？」

「7月生まれの33歳だよ」

「33歳!?」

「パパは、とうだいで一ばん頭がよかったんだよ」

「ウソをつくな。33歳と言ったら、オレと同級生じゃないか。悪いが、オレは首席で卒業している。東大で一番頭がよかったのはオレだ！ ウソをつくのもいい加減にしろ！」

オレはそのまま一気に、自分の東大での成績を披露《ひろう》し、オレ以外が一番にはなりえないこと

を、理路整然《りろせいぜん》と説明してやった。すると、誠治は泣きそうな顔をし、他の未完星人たちも、みんなオレにおびえて逃《に》げ出《だ》して行った。

「何であんなこと言ったんですか⁉」

ほとんどの園児たちを保護者に引《ひ》き渡《わた》した夜、オレはたまきから説教を受けた。あの後、公園で誠治は盛大に泣き出し、収拾《しゅうしゅう》がつかない事態《じたい》になってしまったのだ。でも、オレは反省などしない。なぜなら、誠治がウソをついていて、オレの言ったことが本当だからだ。

「今朝の職員会議で話したばかりじゃないですか。小糸君の発言には慎重《しんちょう》に対処《たいしょ》し、今日ご両親が来たら相談してみようって」

そんな話、初耳《はつみみ》だが……。

どうやら、今朝の職員会議の議題は、誠治についてだったらしい。パラパラ漫画に夢中だったオレは、議題が何かもわかっていなかった。誠治のいったい何が問題なのかと、たまきに尋《たず》ねようとした時、「遅《おそ》くなりました！」と、ずんぐりむっくりした女がやって来た。

「小糸誠治の母です。遅くなって申《もう》し訳《わけ》ありません……」

まるでモデルとはほど遠《とお》い、目の前の女を見て、思わず固まってしまった。

誠治の母は、たまきに連れられ、奥《おく》の部屋へと去っていく。どうやら、たまきのほうから、話があると事前に母親に連絡《れんらく》していたらしい。

たまきと母親が話をしている間、なぜかオレが誠治《せいじ》の面倒《めんどう》を見るハメになった。「お前の母ちゃんの、どこがモデルなんだよ」と、オレが言う前に、誠治は切り出した。

「……みんなに言わないでね」

いつも送迎《そうげい》ヘルパーが保育園まで迎《むか》えに来る誠治は、園児たちに母親を目撃《もくげき》されることがないので、今までウソがバレなかったらしい。その送迎ヘルパーのことさえも、誠治は「お手伝いさん」とウソをついていたのだ。

「別に、オレはお前の母親がモデルだろうが、なかろうが、どうでもいい。ただ、東京大学20××年度卒業の成績トップはオレだ」

「パパはふつうの人だよ」

ふつうの人……言葉が足りない未完星人たちと出会ってひと月、オレは、その数少ない単語の中で、彼らが言おうとしていることを、少しずつ理解できるようになっていた。ふつうの人というのは、おそらく東大出身の人ではないということ。誠治の父親が東大出身というのも、どうやらウソらしい。

オレのハイスペックな脳は、ようやくすべてを理解した。今朝の職員会議の議題は「誠治の虚言癖《きょげんへき》について」だったのだ。

「……みんなに言わないでね」

誠治はもう一度不安そうな顔でオレにたずねた。

「そんな面倒《めんどう》なことしない」

「本当？」

「オレは、お前らと、できる限り関わりたくない。自分から話しかけるなど、ありえない話だ。いい機会だから教えておいてやる。オレは、ここにいるような人間ではない。オレに気安く話しかけられるのも今のうちだ。ちゃんと覚えておけ。お前とオレは、住む世界、いや、住む星が違《ちが》うんだ。オレと話している一分一秒を、宝だと思えよ」

「ありがとう。ゆうたろうセンセー」

話がかみ合っているのかどうか、最後までわからなかったが、とりあえず感謝されたのでよし！

しばらくして、たまきと話し終えた母親が出てきて、誠治は帰って行った。たまきの話によると、誠治の母親は、息子の虚言癖《きょげんへき》を信じなかったようだ。誠治は、家ではウソなどつかず、素直で手のかからない子どもなので、むしろ、保育園に何か問題があるのではないかと疑《うたが》われたらしい。

誠治の両親は共働きで、週末も家で仕事をしていることが多く、一人っ子の誠治は、一人で過ごすことがほとんどだった。そんな中で、保育園で過ごす時間は、唯一《ゆいいつ》自分の話を聞いてもらえる時間だ。誠治は、ウソをついてみんなの注意をひきたかったのではないかと、たまきたちは推測した。ウソをついてまで、他人の注目を集めたいなんて、オレにはさっぱり考えられない。

「さっきの話の続きですけど、これからは、ウソだとわかっていても、子どもたちの発言を最初から否定《ひてい》するようなことは、言わないようにお願いします。99%ウソだとしても、1%可能性があれば、信じたフリをしてあげてください」

「……信じたフリ？　信じていないのにウソをつくんですか？」

たまきはあわてて付け足した。

「たとえ本当だと思えなくても、信じた上で対応してあげてくださいということです！　子どもたちが、自分の言ったことは、信じてもらえないのだと思い込んだら、大変ですから。それに、他の園児たちが、鈴木さんを真似《まね》するかもしれませんし」

「オレの真似？」

「子どもは、なんでも大人の真似をしたがるんです」

翌日から誠治はウソをつかなくなった。代わりに、なぜかオレに懐《なつ》くようになった。秘密を共有した者として、奇妙《きみょう》な連帯感《れんたいかん》が生まれているのだろうか。誠治は、自分がウソをついていることを、保育士たちがみんな知っていることに気づいていない。なぜなら、みんなは、「信じたフリ」をしているから。

「ゆうたろうセンセーのパパとママはどんな人？」

「父親はもういない。オレが６歳の頃《ころ》に病気で死んだ」

「ゆうたろうセンセーのパパっておじいさんだったの？」

未完星人たちにとって、「死」は、白髪《しらが》のヨボヨボの老人にしか訪《おとず》れないものなのだ。オレも、父親を亡《な》くした時、その意味がすぐにはよくわからなかった。ただ、もう2度と会えないことが悲しくて泣いた。

「爺《じい》さんじゃなくたって、死ぬ時は死ぬんだよ」

「パパがいなくて寂《さび》しくないの？」

「別に寂しくなんかない。しょせん人間は、生まれてくる時も、死ぬ時も、一人ぼっちだ」

「一人ぼっちはヤダよ」

「誰《だれ》かと一緒《いっしょ》にいて、傷つけられたりするくらいなら、一人のほうがラクでいい。自分より無《む》能《のう》なやつとつるんでいても、自分の足を引っ張られるだけだ。それに、歴史上の偉《い》大《だい》な人物は、たいがい孤独《こどく》だ。ガリレオも、ゴッホも、ベートーベンも……孤独の中でこそ、才能は開花する。だから、オレのように将来偉《い》大《だい》な人物になる人間は、一人でいいんだ。誰かと一緒にいることなんか、つまらない人間のやることだ」

「ボクも、ゆうたろうセンセーみたいになる！」

やっとオレの本質を理解できる未完星人がいたようだ。海外旅行先で日本人を見つけた時のような、ささやかな感動を覚えたオレは、上機嫌《じょうきげん》になって、これまでの〝オレヒストリー〟を目の前の5歳児に、真剣《しんけん》に話して聞かせてやった。

ある日の職員会議、麗子像の言葉で、ふたたびオレに注目が集まった。

「優太郎先生が、公園で誠治君の発言を指摘したと聞いた時は、大変ヒヤヒヤしましたが、あれ以来、お友だちにウソをつくこともなくなったようですね。優太郎先生のお陰《かげ》ですね」

オレは何もしていない。自分の名誉《めいよ》を守っただけだったが、人にほめられるのは嫌《きら》いじゃない。気分をよくしていると、たまきがトゲを刺《さ》してきた。

「ウソをつかなくなったのは言いことですけど、あまりお友だちとも話さなくなっているのが心配です。なんだか孤立《こりつ》していて」

たまきは、オレがほめられているのが、気に入らないのだろう。まだ問題は解決していないともで言いたげに、不安そうな顔をする。

たしかに、最近の誠治は、オレの後をついてくるばかりで、友だちと話しているのをあまり見ない。というよりは、みんな誠治に話しかけないのだ。

たまきの話を聞いた麗子像は、またしても面倒《めんどう》な命令を下してきた。

「優太郎先生から、それとなく誠治君に聞いてみてもらえませんか？　みんなと何かあったんじゃないかと」

「それとなく聞くけど、みんなと何かあったんじゃないか？」

翌日、オレは、麗子像に言われた言葉を、そっくりそのまま誠治に転送した。

「なんで？」

「最近、いつも一人だ」

「そうだよ」

「ケンカでもしたのか？」

「わかんない」

お前がわからないんじゃ、オレはもっとわからない。

「ぼく、さびしくないよ。ゆうたろうセンセーみたいになるんだもん！」

誠治は、完全にオレをリスペクトしている。やっと本質のわかる奴に会えたのは光栄だが、それが5歳児であることが、オレは悲しかった。

誠治の話を聞いてから、とりあえず観察してみることにした。

昼食後の歯磨《はみが》きの時間、誠治は同じクラスの桐島双葉《きりしまふたば》に、話しかけられていた。

「せいちゃん、もっと歯ぶらし、タテにしないといけないいんだよ」

「歯ブラシなんかコレでいいんだよ」

「虫歯になっちゃうよ」

「虫歯になんか、なんないよ」

「ちゃんとみがかないと虫歯になるって、ゆりこ先生言ってたもん」

「ゆりこ先生なんか知らないよ」

会話がかみ合わないのは、未完星人特有の性質なのだが、何か誠治の受け答えはカチンとくるものだった。なぜだろうか……。

日曜日。オレは、母親から頼まれていた、有名店のフルーツタルトを購入《こうにゅう》し、病院まで届けに行った。

「はいコレ」

「ありがとう。コレ美味《おい》しいのよね」

「700円」

「はいはい」

　金を受け取り、そそくさと帰ろうとするオレを、母親が引《ひ》き留《と》める。

「アンタ、もう帰るの？」

「だって用済《ようす》んだし」

「ゆっくりしてきなさいよ。暇《ひま》なんでしょ？」

「オレは暇なんかじゃない」

「保育園の話、聞かせなさいよ。少しは慣れたの？」

「あんな所になんか、百年いても慣れるわけない」

「みなさんにご迷惑《めいわく》おかけしてない？」

「迷惑なんかかけてない。むしろ、オレがかけられてる」

「またそういう減《へ》らず口叩《ぐちたた》いて。『なんか』『なんか』ってやめなさいって、何度も言ってるでしょう！　聞いてて気分のいいもんじゃないんだから」

母親の言葉で、オレは誠治と双葉の会話を思い出した。たしか、誠治も双葉に「なんか」「なんか」を連発していた。会話を聞いていて、なんだかカチンときたのは、このせいだったのかもしれない。しかし、前までの誠治だったら、そんな話し方はしなかったはずだ。どうしてそんな話し方になったのだろうか……。

たまきの言葉が、オレの頭に蘇《よみがえ》る。「子どもは、なんでも大人の真似《まね》をしたがる」。誠治が真似をしていたのは、まぎれもなく、このオレだ。


小学生の頃、オレにも友だちというものがいた。でも、父親が死んでから、オレは友だちと遊ぶよりも勉強するようになった。勉強すればするほど、成績はあがり、母親が喜んでくれたからだ。でも、それと同時に、オレの周りからは、一人、また一人と、友だちが減っていき、中学に入ると、友だちを作ることさえしなくなった。それでも何も不自由はない。友だちがいない寂《さび》しさより、自分一人の気楽さのほうが、勝《まさ》っていたからだ。友だちなんかいても、助けることばかりで、助けられることなんてない。メリットなんて一つもないのだ。だから、会社に入ってからも、派閥《はばつ》にも属《ぞく》さず、上司からの飲みの誘《さそ》いも断り、同期が主催《しゅさい》する合《ごう》コンにも参加せず、ただひたすら仕事だけをした。そうして、気づいたらオレは、社内で「使えない奴」になっていた。そして、一人だった——。

翌日、オレは誠治を無視した。話しかけられても、忙《いそが》しそうなフリをして、相手にしない。最初は泣きそうな顔で、オレの後をついて回っていた誠治だったが、午後になるとあきらめたようで、オレには話しかけなくなった。その代わり、自分から他の園児に話しかけた。しかし、みんなはスグには誠司を受け入れない。

もしかしたら、みんなの気をひくために、また誠治は、ありもしないホラを吹《ふ》き始めるのではないかと思っていると、一人の救世主《きゅうせいしゅ》が現れた！

「せいちゃん、お外であそぼう」

歯ブラシの使い方に厳《きび》しいだけあって、双葉の笑顔からは真っ白な歯が輝《かがや》いていた。双葉に手を引っ張られ、園庭《えんてい》に出て行く誠治を見て、オレはなんだか複雑な気持ちになった。知能も、経験も、人間力も、すべてオレより劣《おと》っている未完星人が、なんだか少しだけうらやましく思えたからだ。

友だちとは、助けてくれる時もあるものなのか。


「優太郎先生のお陰《かげ》で、誠治君にもお友だちができたみたいですね」

翌日の職員会議で、オレはまた麗子像にほめられた。大也の時に続き、またしても麗子像は、オレの手柄《てがら》と思い込んで、オレに対して過剰《かじょう》に高い評価を下した。そんな麗子像の話を、いかにも不満そうな顔でたまきが聞いている。たまきに叱《しか》られなければ、今のこの結果はなかっただろう。でも、色々面倒《めんどう》なので、ぜんぶオレの手柄《てがら》としておこう。オレは、ほめられるのが似《に》合《あ》う男なのだ。

オレのパラパラ漫画『走れメロス』も完成した。最後の一つ前のページで、メロスは、友を助けに行くことをあきらめてUターン。そして、最後のページで、いつの間にか脱走《だっそう》していた友と落ち合う、というラストに変えた。オレ版『走れメロス』は、「コイツなら、助けてくれるだろう」ではなく、「コイツなら、助けなくても自力でピンチを切り抜けるだろう」と、お互《たが》いに信じ合った二人のお話だ。

友だちを作るなら、自分のプラスになるような、タフで賢《かしこ》い奴じゃなきゃ意味がない。

会議が終わってから、たまきがオレのところに来た。手柄《てがら》を横取りしたことを、怒《おこ》りに来たのだろうか。

「どうして、誠司君が最初、鈴木さんになついていたのか、正直わかりませんでした。無神経だし、優しくないし、自分勝手だし。そんな保育士は、子どもたちに一番嫌《きら》われますから」

人の悪口は、陰で言うものだと、たまきは知らないのだろうか。

「……でも誠司君は嬉《うれ》しかったんだと思います。鈴木さんは、信じたフリをするんじゃなくて、ちゃんと正直に、自分の話を聞いてくれたから。前に、鈴木さんのことを、役に立たないと言ってすみませんでした」

悪口じゃなくて、ほめられているのかもしれない。

「ただ、『未熟《みじゅく》な人間に興味はない』と言ったあなたを、私は保育士として認《みと》められません。子どもたちを『未熟な人間』だと一言《ひとこと》で片づけるような人に、この仕事をしてほしくないんです」

やはり、たまきがオレをほめるはずはなかった。少し期待した自分が恥《は》ずかしい。オレは、この仕事をしたくてしているわけではない。だから、保育士として認められなくても構わない。でも、なんだかちょっと悲しくなった。

それから1週間ほど、オレは誠治に無視され続けた。誠治の周りには、一人ずつ友だちが増え、今ではすっかり輪の中心となっている。もう、誠治の口から「なんか」というワードを聞くこともなくなった。

いつものように、迎《むか》えを待つ園児の、最後の一人となった誠治は、オレのところへ来て言った。

「ゆうたろうセンセーも、友だちできるといいね」

上から目線の誠治の発言にカチンときて、何か言い返そうと思ったが、やめておいた。またオレがカッコイイことを言って、誠治につきまとわれたらかなわないから。

リーコがまだ仕事を終えていなかったので、一人で園を出ると、下駄箱《げたばこ》の所にメガボンがいた。オレは、職員会議の時、メガボンが空気も読まずに発言したことや、未完星人のカートの運送を交代したことを思い出した。もしかしたら、オレを助けてくれたのかもしれない。

メガボンはオレに気づいて、無駄《むだ》に爽《さわ》やかな笑顔で言った。

「どうですか？　今晩一杯？」

オレは今、メガボンの誘《さそ》いを受け、見知らぬ男女が相席《あいせき》するという居酒屋にいる。保育士は出会いがないので、どうせ飲むなら、出会いのチャンスのある場所がいいというメガボンの説《せっ》得《とく》により、初めて会った女２人と、最低最悪な晩餐《ばんさん》をしている。

いかにも頭の悪そうな女が、つまらない話を延々《えんえん》としている。これは、オレにとって無駄《むだ》以外の、なにものでもない。

「ねぇ、ゆうちゃんって、よく見るとイケメンだよねぇ」

「私も結構ゆうちゃんタイプなんだよねぇ」

出会ってわずか１時間で、オレを「ゆうちゃん」と呼ぶ女が嫌《きら》いだ。家に帰ったら、さっそく呪《のろ》いノートを引っ張り出し、名前を書いてやろうと思ったけど、目の前の女の名前はもうすっかり忘れてしまった。オレのハイスペックな脳は、無駄《むだ》なデータを蓄積《ちくせき》して、情報処理スピードが遅くならないようになっているのだ。

目の前の女が、手相を見ることができると言った。オレの手を触りながら、キャーキャーと騒《さわ》ぐ女たち。その声を遠くに聞きながら、オレはたまきのことを思い出していた。どうして、たまきの手はあんなに固かったのだろうか……。

そんなことを考えていると、完全にかやの外になっていたメガボンが、ジョッキを手に立ち上がった。

「二人とも、ゆうちゃん、ゆうちゃんって。優太郎先生のどこがそんなにいいんすか！ 言っとくけど、保育園ではこの人、俺《おれ》がいないとな～んにもできないんだからね。ね？ ゆうちゃん？」

いま誠治に会ったら、オレは胸を張って訂正《ていせい》してやろう。やっぱり、友だちなんかいなくていい。

―エピソード3―

恋なんか、しなくてもいい

この星に来てからもうすぐ2ヵ月、大人として十分がまんしてきたと思う。大学の先輩《せんぱい》である夏目漱石《なつめそうせき》だって、留学先のイギリスでの生活に耐《た》え切《き》れず、神経症《しんけいしょう》になってしまったと聞く。漱石のみならず、異国文化が肌《はだ》に合わない人は多かったらしい。例外だったのは、ドイツに留学し、ドイツ人女性と恋《こい》に落ちた森鷗外《もりおうがい》だけではないだろうか。しかし、そんな鷗外も恋愛《れんあい》にうつつを抜かし、結局そのドイツ人女性から逃《に》げるように帰国したので、オレには負けている。

異国文化といえば、低俗《ていぞく》な人間たちが、思《おも》い違《ちが》いの自己表現をするハロウィンである。かつては、海の日や、山の日のように、「今日って、何の日だっけ？」と言われるくらい影《かげ》が薄《うす》かったはずなのに、いつからこんなに、日本人をパーティーピープルにさせるようになったのだろうか。

保育園には、ハロウィンパーティーの時の写真が大きく額《がく》に入って、飾《かざ》られている。血色《けっしょく》のいいヴァンパイアのメガボン。園児の誰《だれ》も知らない昭和のアニメコスプレをしている叔父《おじ》。身体がデカイので、どう見てもニューハーフにしか見えないミニスカポリスのリーコ。宝塚《たからづか》ファンだとバレバレの男装《だんそう》で決めている虫眼鏡《むしめがね》。なんのコスプレもしていないのに、誰よりも仮装《かそう》している感のある麗子像《れいこぞう》。お祭りには相応《ふさわ》しくない不愛想《ぶあいそう》な顔で、カメラをにらんでいるシンデレラのたまき。そして、その横に、黒の全身タイツ姿《すがた》に、カボチャの被《かぶ》り物《もの》をしたオレがいる。

希望者には、この写真を印刷して、300円で販売《はんばい》していると麗子像は言った。もちろん、オレは買わない。これは〝思い出〟ではなく、〝黒歴史〟だ。

人は、カボチャになんかなってはいけない。


今日も、嫌《いや》でも目に入るこの写真のせいで、朝からブルーな気分になっていると、叔父から急に呼び出しがあった。

園長室は、それなりに広い部屋であるが、片付けられない叔父のせいで、身動きのできるスペースは3畳《じょう》ほどしかない。中央に置かれた大きな机を挟《はさ》むように、向かい合って座っていると、かなりの圧迫感《あっぱくかん》がある。

「最初はどうなることかと思ったけど、2ヵ月よくもったな。大したもんだ。さすが俺の甥《おい》っこだ。俺に似《に》て、やる時はやる男だな。あはははははは」

オレは、「やる時はやる叔父」を、今まで一度も見たことはない。叔父の話し相手をするくらいなら、未完星人の世話のほうがまだマシだと、この場を抜《ぬ》け出《だ》す口実を考えていると、叔父は薄《うす》っぺらい封筒《ふうとう》を差し出してきた。

「姉さんの入院費と、お前の生活費を抜いたから、大した額じゃないけど。お疲《つか》れさん」

一ヵ月目は、母親の治療費《ちりょうひ》や、我が家の光熱費などの支払いで、残ったお金はゼロだった。

つまり、オレにとって、今回が初めての給料だ。振《ふ》り込《こ》むほどの額じゃないからと、手渡《てわた》しで給料を渡した叔父は、「今からいいこと言いますよ」的な雰囲気《ふんいき》でオレに言った。

「姉さんに、なんかプレゼントでもしてやったらどうだ」


銀座にある高級洋食店にやって来た。

会社に勤めていた頃《ころ》、給料のほとんどはカードの支払《しはら》いへと消えて行った。一流ブランドのスーツに身を包み、一流のレストランで食事をし、一流の芸術に触《ふ》れ、いつ世界の舞台《ぶたい》に立っても、恥《は》ずかしいことのないように、一流人間へのトレーニングに力を惜《お》しまなかったオレが、毎月カードの返済《へんさい》に追われることになるのは必然であった。

今のオレには、そんな支払《しはら》いはない。引きこもりになり、外に出なくなったオレは、一流とは本質のことであり、外からどう見られるかは関係ない。楽なスウェットを着て、大好きなミートソーススパゲッティを食べ、自分の好みの芸術だけを何度も堪能《たんのう》する。それこそが俗世間《ぞくせけん》と隔離《かくり》された、天才のなせるワザなのだと気づいたのだ。

しかし、悲しいことに、今はそれさえもできない。母親が入院しているせいで、ミートソーススパゲッティはずいぶんご無沙汰《ぶさた》なのである。叔母《おば》にはいつも、「食べたい物ある？」と聞かれ、その度にリクエストしているのだが、居候《いそうろう》して１ヵ月、オレのリクエストしたものが食卓《しょくたく》に並んだことはない。だから、オレはＯＬに人気の行列店に、本格的なミートソーススパゲッティを食べにやって来たのだ。

運ばれて来たのは、オレの知っているミートソーススパゲッティではなかった。まず、肉が前に出すぎている。ゴロゴロしていて、ヒタヒタしていない。オレに言わせると、「ソース」ではなく、「肉そぼろ」だ。完全にスパゲッティとケンカしている。オレが食べたいのは、こんなんじゃない。

叔父からもらった給料は、たったの３万円。そのうち、メガボンに１万円を返済した。先日、居酒屋に行った際、お金がないので給料日まで立《た》て替《か》えてもらっていたのだ。相席した女２人の分も折半《せっぱん》して出すのだと、カッコつけたメガボンのせいで、カルピスサワー1杯と、イカリング2つ、ねぎま1本を食べただけなのに、1万円を払《はら》うハメになった。

そして、今、この肉そぼろスパゲッティに3千円も取られてしまった。悔《くや》しいからデザートも食べて、コーヒーも飲んだのがいけなかったのだろう。

これまで、様々な会社のレトルトミートソースを食べたが、どれも家で食べていた味とは違《ちが》う。オレの母親は、じつに普通のオバサンだと思っていたが、もしかしたら、すごく料理の上《う》手《ま》いオバサンなのかもしれない。そのくらい、母親のミートソースは絶品《ぜっぴん》なのだ。

月曜日。オレは、インフルエンザで欠勤した虫眼鏡の代わりに、初めて昼寝係《ひるねがかり》の仕事をやるハメとなった。もちろん未完星人たちは、素直《すなお》に寝たりしない。興奮して走り回ったり、奇声《きせい》を発したり、やりたい放題《ほうだい》だ。なぜか歌の時間には、どんなに「歌え」と言われても歌わなかった奴《やつ》が、「静かにしろ」と言われた途端《とたん》、歌い始めたりする。この星には、「大人の言うことをきくな」という法律でもあるのだろうか。

どこからか「シー」「シー」と繰《く》り返《かえ》す声が聞こえて来た。そのナゾの音は、麗子像から発信されている。よく聞いてみると、「シー」と言っているのではなく、「シープ（羊《ひつじ》）」と言っていることが判明した。つまり、英語で羊を数えていたというわけだ。

「ワンシープ　ツーシープ　スリーシープ　フォーシープ……」

呪《のろ》いのように、不気味《ぶきみ》な麗子像《れいこぞう》の羊《ひつじ》カウントにより、次から次と、麻酔銃《ますいじゅう》で撃《う》たれたかのように、未完星人たちがバタバタと眠りにつき始めた。そして、いつの間にかこのオレも……

「アンタが寝《ね》てどうすんのよ!!!」

一瞬《いっしゅん》、向こう側へ行きそうになっていたオレは、リーコの声で引《ひ》き戻《もど》された。

「考え事をしていただけだ」

こういう時は、絶対に認めてはいけないことを、オレは知っている。オレは悪くない。呪《のろ》いをかけた麗子像が悪いのだ。

「さすがっすよねぇ。主任が羊を数えると、どんなグズってる子も、パタリですもんね」

メガボンの大きな声で、せっかくパタリと寝た奴らも、起きてしまわないかとヒヤヒヤしていると、一人だけ、まだ寝ていない未完星人がいるのに気づいた。

4歳児の八木田桜《やぎたさくら》だ。何度も体勢《たいせい》を変えて、必死に眠ろうと試みているが、どれもしっくりこないらしい。たまきが寄《よ》り添《そ》い、絵本を読んで聞かせてやったが、それでも桜は眠《ねむ》れないらしかった。

「桜ちゃんって、いつもお昼寝できないのよねぇ」

リーコいわく、桜は家でないと眠れない体質のようだ。ネオキッズらんどではずいぶん前から桜の昼寝が問題になっているらしい。たしかに睡眠は重要だ。オレも自分の城にいたころは、たいてい日の出とともに就寝《しゅうしん》し、日没《にちぼつ》くらいまでたっぷり眠っていた。何にも縛《しば》られずに、本能のままぐっすり睡眠をとれることこそが、選ばれた人間の証拠《しょうこ》なのである。せっせと働いている奴らには、真似《まね》できない神業《かみわざ》だ。

ベッドに入ると、すぐさま眠りに入れるオレには、桜の気持ちがわからなかった。今も、麗子像の呪《のろ》いによる睡魔《すいま》と戦っている最中なのだ。

たまきが絵本を読み終えても、やはり桜の目は冴《さ》えていた。友だちはみんな寝息をたてて夢の世界。たった一人、目をぱちくりさせている桜は、なんだか寂《さみ》しそうだった。「新しい絵本持ってくるね」と、その場からたまきが立ち去ると、また桜はゴロゴロと落ち着きなく体勢を変えながら、眠れるベストポジションを探り始める。

その時だった。桜の視線が、ウトウトと船を漕《こ》いでいたオレをとらえた。見つかってしまった……。

桜はニヤリとして、オレに「おいで、おいで」をする。なぜ4歳児に手招きされなければならないのか、悲しくなりながらも、オレは素直《すなお》に桜の側へ行った。

「ゆうたろうセンセー。いま寝てたでしょ？」

「寝てない」

「ウソだもん。さくら見たもん。ゆうたろうセンセー寝てたもん」

「目に見えたものがすべてだと思うな」

「ナイショにしてあげてもいいよ」

そして、4歳の桜は、オレにある交換条件《こうかんじょうけん》を出した。

「ナイショにする代わりに、どうやったら眠くなるか教えて」

「オレと取り引きしようなんて、100年早いぞ」

「じゃあ、りさこ先生とめぐみ先生に言いつけちゃおう」

未完星人のくせに、変なところで頭が回る。オレの苦手な奴ランキング上位2名を、しっかりと押《お》さえている。

しゃくではあるが、リーコとたまきに知られると厄介《やっかい》なことになるので、オレはハイスペックな脳をフル回転させ、眠くなる方法を考えた。そして、頭に浮《う》かんだのは、いつかどこかで見た催眠術《さいみんじゅつ》。

コテコテだとは思いつつも、桜の小さな額《ひたい》に手を当て、「あなたはだんだん眠くなる～あなたはだんだん眠くなる～」と念じてみた。

「桜ちゃんが寝た!!!」

メガボンの報告に、麗子像も、リーコも、絵本を持って戻《もど》って来《き》たたまきも、目を丸くして驚いた。しかし、誰《だれ》よりも驚《おどろ》いていたのはオレ自身だ。まさか人に催眠術をかけることができるとは……。オレって、なんでこんなに何でもできてしまうのだろう。

虫眼鏡がインフルエンザから復帰してからも、オレは昼寝係として、桜を寝かしつけることとなった。自分に催眠術の能力があるとわかって、嬉《うれ》しくなったオレは、ネットで、1万2千円もする催眠術のＤＶＤを購入《こうにゅう》。オレは、ますます腕《うで》に磨《みが》きをかけ、桜は誰よりも早く昼寝を

するようになった。

ただ、問題もあった。桜は、オレを特別な保育士（正確には保育補助）として見てくるようになり、昼寝以外の時間もまとわりついて、何かにつけてオレの手を握《にぎ》ってくるようになったのだ。

そしてもう一つ、自分が休んでいる間に、オレが活躍《かつやく》したことが不服な虫眼鏡が、嫌味《いやみ》を浴《あ》びせてくるようになった。

「優太郎《ゆうたろう》先生。またお手柄《てがら》ですね。おかげで、一つハッキリしました。園児を寝かしつけるのには、経験や能力などは必要ないようですね」

オレは昔から、周りにねたまれ、うらやましがられる人間だった。選ばれた人間は、選ばれなかった人間から、あこがれと同じくらい、憎しみも抱《いだ》かれる。なんでもできてしまうオレみたいな人間は、本当に可哀想《かわいそう》なのである。

オレを敵視しているのは、虫眼鏡だけではなかった。なぜか桜に催眠術をかけ始めてから、4歳児の岸田武郎《きしだたけろう》の当たりが厳しくなった。タオルケットの片付けをする時は、これみよがしにオレにぶつかってくるし、歌の時間は必ずオレの真横でわざとデカい声で歌うし、オレが顔を歪《ゆが》めると、「してやったり」の顔をして走り去っていく。

「ゆうたろうセンセーに、桜ちゃんは渡《わた》さないからな」

武郎は、入園した時から桜に好意を抱いているらしい。武郎の将来の夢は、「桜を守るヒーローになること」だと、園からの帰り道にリーコから聞かされ、自分が嫉妬《しっと》されていることに初めて気づいた。

「アンタと桜ちゃんと武郎君の、恋の三角関係ってことね……。桜ちゃんはどっちを選ぶのかしらねぇ」

勝手に三角に入れられて心外《しんがい》だ。オレは、桜のことも、武郎のことも、好きじゃない。三角はできていない。

「私だったら、武郎君を選ぶけどね。可愛くて、素直で、りりしくて。何より若いからね。あはははははははははは」

また「呪《のろ》いノート」に、リーコの名前を書かなければ。このままいくと、たまきを越《こ》してしまうかもしれない。

桜の迷惑《めいわく》な好意、虫眼鏡の嫌味《いやみ》、武郎の嫉妬《しっと》、そしてリーコのガサツな笑いに、心底疲《しんそこつか》れたオレは、寄り道をして帰るとウソをついて一人になった。リーコは最後まで、「このまま逃《に》げて、また自分の部屋に引きこもろうとしてるんでしょ？」と疑惑《ぎわく》の目を向けたが、家の鍵《かぎ》を、叔父に没収《ぼっしゅう》されているのを思い出し、アッサリ許してくれた。それでも最後に、「もし逃げたら、今度はあの家ごとぶっ潰《つぶ》すよ」と捨《す》てゼリフをはかれ、オレはおびえた。リーコなら、やりかねない。晴れて戦いを終えて解放される日がくるまで、なんとしても城を守《まも》り抜《ぬ》かなければ！

オレはやっと一人になれた。なんとなくバスに乗って、あてもなくふらっと降り立った場所は、母親の入院している病院の停留所《ていりゅうじょ》だった。そういえば、最近見舞《みま》いに行っていないなと思ったが、時刻はもう9時過ぎ。面会時間はとっくに過ぎているので、忘《わす》れることにした。なぜ、オレはここで降りてしまったのだろうか。

停留所からトボトボと歩いていると、急に空腹におそわれた。顔をあげると、「待ってました」と言わんばかりにファミレスの看板《かんばん》が！　オレは、財布《さいふ》に5千円あることを確認し、店のドアに手をかけた。

時間的に、うるさい中高生はいなかったが、くたびれたオジサンと、家族連れで、店内はわりと混雑していた。窓際のテーブルに腰《こし》かけ、メニューを何枚かめくると、ミートソーススパゲッティがあった。価格は４９９円。値段から見て大した味ではないと思いつつ、空腹を満たすために頼んでみることにする。

テーブルの呼び出しボタンを押してから2分。店員は来ない。大して広い店でもないのに、店員の姿《すがた》さえ見えない。イライラしながら待っていると、「お待たせしました」と女の声がした。腹が立ったので顔を上げないまま、無言《むごん》でミートソーススパゲッティの写真を指すと、女は不自然に無言になった。無言返しとは、結構《けっこう》やるじゃないか。どんなふてぶてしい女かと思い、顔を上げると、そこにいたのは、なんと、たまきだった。

ウェイトレスの制服を着て、驚《おどろ》いた顔でオレを見ていたたまきは、我《われ》に返《かえ》り、「ミートソーススパゲッティひとつですね」と上ずった声で確認し、オレの返事も待たずに厨房《ちゅうぼう》へと去って行った。

今日は水曜日。思えば、たまきは毎週水曜日だけ、残業を断り、必ず7時に帰っていく。たしか、前に母親の見舞い帰りに、リーコと立ち飲み屋へ行って、自転車に乗っているたまきを

見かけたのも、水曜日だった気がする。おそらく、あの日も、ここで働いていたのだろう。なぜこんなところでアルバイトをしているのだろうか。

ミートソーススパゲッティが運ばれてくるまで、オレはじっとたまきを観察していた。ホールスタッフはたまきしかいないらしく、注文、配膳《はいぜん》、レジまで調理以外をすべて彼女が行っていた。昼間は未完星人《みかんせいじん》の相手をし、夜はファミレスでコキ使われるなんて、オレには考えられない。きっと何か事情があるに違《ちが》いない。

「お待たせいたしました」

ミートソーススパゲッティを運んできたたまきは、言いづらそうにオレに言った。

「園には、黙《だま》っていてもらえませんか?」

叔父《おじ》は、このことを知らないのか。

「……別にいいですけど」

「ありがとうございます」

保育園に内緒《ないしょ》にしてまで働くには、やっぱりそれなりの事情があるに違いない。安心した顔で去って行こうとするたまきに、オレは遠回《とおまわ》しに聞いてみた。

「……働くのが好きなんですか？」

「は？」

「この仕事が好きなんですか？」

「嫌味《いやみ》ですか？」

ダメだ。たまきの顔がどんどんこわばっていっている。オレはただ、一生懸命《いっしょうけんめい》働いているたまきに、どんな事情があるのかを、さりげなく聞いているだけなのに……。早く挽回《ばんかい》しなければ。

「ウェイトレスに向いてるんじゃないですか。歳《とし》の割《わり》に、その制服も似合《にあ》っているし……」

次の瞬間《しゅんかん》、たまきは、殺意《さつい》をたっぷり含《ふく》んだ目で、オレをにらみつけた。

「私には、保育士より、こっちのほうが合っていると仰《おっしゃ》りたいんですか？　なんであなたに、そんなこと言われなきゃならないんですか？　何も知らないくせに、えらそうなこと言わないでください！」

たまきは乱暴な足取りで奥《おく》へ引《ひ》っ込《こ》み、それきり口を利《き》いてくれなかった。

帰りながら、なぜたまきがあんなに怒《おこ》ったのか考えた。……でも、考えてもわからなかったので、考えないことにした。他人の気持ちなど、考えたところで時間の無駄だ。オレは悪いことをしていないのだから、思《おも》い悩《なや》む必要もない。

ただ、たまきが運んできたミートソーススパゲッティは、母親が作るものの次に美味《おい》しかった。

その夜、めずらしく眠《ねむ》れなかった。目をつむっても、たまきの言葉が頭の中をリフレインする。いったい、オレの何がいけなかったのだろうか……。気がつくと、やっぱりそれを考えていた。

しかたなく、オレは催眠術《さいみんじゅつ》のDVDを見ることにした。

眠りについたのは、再生してから3時間もあとの、外が明るくなったころだ。

翌日、たまきは、仕事以外のことでは一切《いっさい》オレのほうを見なかった。最初は、オレのことが見えていないのかと、必死に視界《しかい》に入ってみたり、これみよがしに大きな物音を立ててみたりしたけれど、やっぱり見ない。これは、見えていないのではなく、視界から消されているのだと、やっと気づいた。

オレは悪くない。たまきが勝手に怒り出したのだから気にしない。気にしない。気にしない。

……だけど、なぜかたまきを目で追ってしまう。


おやつの時間になると、桜がオレを呼びつけるのが、最近の日課だ。

「ゆうたろうセンセー、桜のおとなりに座ってー!!!」

仕方なく桜の横の席に座ると、武郎がオレの前に座り、憎悪《ぞうお》の眼差《まなざ》しを向けながら、おやつのきなこマカロニをほおばりはじめる。

桜も、嬉《うれ》しそうにパクパク食べる。

「きなこマカロニ、桜いちばん好きなの。ゆうたろうセンセーの好きなものは?」

「ミートソーススパゲッティ」

「桜も好き。うちのパパ、すごく上手なんだよ。桜のやつにはミートボールも入れてくれるの」

ミートボール!? そんなミートソーススパゲッティは邪道《じゃどう》だ。オレは絶対に認めない!

「桜はかわいいから、とくべつなんだって」

桜は将来、居酒屋でさんざん飲み食いして、相席《あいせき》した男に金を払わせるような女になるだろう。

「今日も桜のおでこに、おてて、おいてくれるでしょ？」

催眠術《さいみんじゅつ》のことを言っているようだ。

「……よくあれで眠れるな。オレは昨日、まったく眠れなかったぞ」

「桜はすぐ眠れるよ。おうちではね、パパがやってくれるの」

「パパ？」

たしか、桜の家は、母親が会社の役員で、父親が劇団員《げきだんいん》をしており、家事や子育てのほとんどは、父親が行っていると聞いたことがある。

「家では、父親が手を置いてくれるのか？」

「そうだよ。桜が寝るまでずーっと。大きくてあったかくて大好きなの。だから、ゆうたろうセンセーも大好き」

桜は、催眠術ではなく、額《ひたい》に置かれたオレの手に安心して寝ていたのだ。オレに好意を持っているのは、オレの手が、父親の手と似《に》ているかららしい。自分に催眠術の才能があったわけではないと知り、1万2千円を返してほしいと思った。あんなDVDなんか買わなきゃよかった……。オレの気持ちも知らずに、桜はニコニコと話を続けた。

「ゆうたろうセンセーは、どんな女の子が好き？」

「どんな女の子も好きじゃない」

「桜のことは？」

「別に」

そう言ったとたん、桜は暴《あば》れながら、ワンワンと泣き始めた。その拍子《ひょうし》に、きなこマカロニの皿は床《ゆか》に落ちて、中身がひっくり返る。

あわてて麗子像《れいこぞう》がなだめると、桜は少し落ち着きを取り戻《とも》したが、オレが「大丈夫《だいじょうぶ》か？」とたずねても、いっさいオレのほうを見なかった。

今日は、女たちによく無視をされる日だ……。

向かいの席に座っていた武郎が、カラになった桜のお皿に、自分のきなこマカロニをいくつか入れるのを、オレは目撃《もくげき》した。桜は気づかず、当たり前のようにそのきなこマカロニを食べている。武郎は、最後まで何も言わなかった。その代わり、機嫌《きげん》を直して、ニコニコしている桜を見て、嬉《うれ》しそうな顔をした。

オレは桜の寝かせ役をクビになった。父親のように大きな手であれば、誰でもいいのだと判明し、メガボンにチェンジされたのだ。

珍《めず》しくその日は、武郎の寝つきが悪かった。麗子像による羊《ひつじ》のカウントも効果なし。仕方なく、オレが絵本を読んで聞かせることになったのだが、武郎はそれもいらないと言った。

「どうしたら、ゆうたろうセンセーみたいに大きな手になる？」

桜に嫌《きら》われた時点で、オレは武郎の敵でもなくなったらしい。久しぶりに、ふつうに話しかけてきた。

「手なんて、大人になったら勝手に大きくなる」

「本当？」

当たり前のことを言っただけなのに、武郎はすごく嬉しそうな顔をした。

「……さっき、自分のきなこマカロニを、桜にあげてただろ」

「うん。だってさくらちゃん泣いてたから。さくらちゃんね、きなこマカロニ大好きなんだよ」

「桜は、お前がくれたことに気づいてないぞ」

「いいんだよ。ぼくは約束まもっただけだもん」

「約束?」

「さくらちゃんを泣かせない。ぼくがまもるって約束したの。だから、いいの」

きなこマカロニをあげることが、桜を守ったことになるのかはさておき、武郎のイケメンぶりに、オレはほんの少し感心してしまった。

「男は、女の子との約束をぜったいにまもらなきゃいけないって、ママがいつも言ってるもん」

女は、男との約束を守らなくてもいいのだろうか。明らかな男女差別だ。

「ゆうたろうセンセーは、女の子を好きになったことないの?」

「オレは恋なんかしない。恋愛なんてものは、オレに言わせれば無駄《むだ》な感情だ。正解のないものに翻弄《ほんろう》されたり、相手の気持ちを探るために駆《か》け引《ひ》きをしたり、そんなものは無駄以外の何ものでもない。恋愛におぼれ、道を見誤《みあやま》った人間はたくさんいる。あの森鷗外《おうがい》も、ドイツ人女性との恋から、ちゃんと目覚《めざ》めたからこそ、日本に帰国して小説を書き、数々の名作を生んだんだ。もしも、そのまま恋におぼれていたら、その後の森鷗外の活躍《かつやく》はない」

おそらく武郎は、森鷗外のくだりから、理解できていないだろう。ただ、恋をしないと言ったオレを、うらやましそうな顔で見ていた。

「じゃあ、ゆうたろうセンセーは、女の子のことがわからなくて、考えちゃうことないんだね」

未完星人のくせに、痛いところをついてくる。

「……ないことはない」

「あるの？」

いま、オレはたまきの気持ちがわからずに考えている。考えたくないのに、なぜか考えてしまう。不本意《ふほんい》だが、武郎には話して聞かせてやることにした。

「オレは何も悪いことしてないのに、怒《おこ》ってる人がいる」

「なんで怒ってるの？」

「わからない」

「イジワルなこと言ったの？」

「言ってない。オレは、ただふつうに話してただけだ。あんなのがイジワルだと言うなら、オレは何を言えばいいんだ」

「何も言わなくていいんだよ。ママが、おしゃべりな男は、悪い男だって言ってた。だから、ぼくも、さくらちゃんには何も言わないの」

武郎の母親に、いったい何があったのだろう。きっと、口が達者《たっしゃ》で、約束を守らない男に、痛《いた》い目《め》にあったに違いない。

「男は、ホントに言いたいことを、1つだけ言えばいいんだって」

目の前の未完星人は、すごく簡単《かんたん》そうに言うが、案外《あんがい》それは難《むずか》しいことなのではないかと、オレは考えていた。

翌日《よくじつ》の午後、なんだか園の雰囲気《ふんいき》はピリついていた。珍《めずら》しく叔父《おじ》が険《けわ》しい顔で麗子像《れいこぞう》と奥《おく》の部屋で話し合っている。

未完星人たちを全員帰宅させた後、緊急会議《きんきゅうかいぎ》が開かれた。叔父から伝えられた議題は「この中で、園に無断《むだん》で副業《ふくぎょう》をやっている保育士がいるかどうか」ということだった。ネオキッズらんどでは、副業をすること自体は禁止されてはいないが、保護者の目もあるため、副業をする際《さい》は、必ず園にその仕事内容などを申告《しんこく》する約束となっているらしい。

叔父は苦い顔をして、今朝、ある園児の保護者から、「ここの保育士が、ファミレスで深夜のアルバイトをしているのを見た」というタレコミがあったことを伝えた。ざわつく保育士たちの中で、オレだけは、それがたまきを指していることを知っている。なんとも複雑な気分だ。たまき本人は、終始《しゅうし》うつむいて、黙《だま》りこくっている。

「もし、本当に無断で副業をやっている方がいるなら、正直に話してください。何か事情があるなら、ご本人の口から直接聞きたいと思います。どうですか？」

叔父は室内を見回しつつも、明らかにたまきを意識していた。どうやら、叔父と麗子像は、たまきであることを知っているようだ。しかし、たまきはずっと黙ったまま下を向いている。

叔父はさらにもうひと押しした。

「本当にこの中に、そのような人はいないんですね？　もし、あとあと発覚して、保護者との間で問題にでもなったら、何らかの処分を考えねばなりません」

それでも、たまきが名乗り出る気配《けはい》はない。

最後に、叔父はもう一言《ひとこと》付けくわえた。

「誰《だれ》だか知っていて、黙っている人も同じですよ」

女の子との約束は、絶対に守らなければいけない。武郎の言葉を思い出し、オレはとりあえず、たまきに言われた通り黙《だま》っておいた。

結局、叔父は保護者に「要調査中」という、なんとも便利な言葉で説明し、しばらく様子を見ることにしたようだ。保育士が副業をせざるを得ない賃金《ちんぎん》であることを、叔父も申《もう》し訳《わけ》なく思っているのだろう。

保育士の給料は、大変な仕事の割には高くはなく、決して楽に暮らしていけるわけではないそうだ。保育士に男が少ないのも、そんな理由があるのかもしれない。だからこそ、ネオキッズらんどでは、申請《しんせい》すれば副業もOKということになっている。

では、どうしてたまきは正直に申請しないのだろうか。オレの心の声が聞こえたかのように、麗子像が言った。

「園にナイショにする気持ちも、わかりますけどね。副業をしていると、残業もできなくなるし、他の保育士に気《き》を遣《つか》って、肩身《かたみ》の狭《せま》い思いをしますから。責任感の強い人なんかは、わざと隠《かく》して働くこともあるんですよ」

たしかに、たまきは責任感が強い。水曜日に残業しない代わりに、ほかの曜日は誰よりも最後まで残っている。水曜日に残業できないことを、ほかの保育士に謝《あやま》っているシーンもたびたび見かける。

オレには、やっぱりたまきの気持ちがわからなかった。仕事を選ぶ時は、仕事内容と同時に、待遇《たいぐう》や条件をチェックするのが当たり前だ。副業をしなければ生活できないような仕事を、なぜ選んだのだろうか。

水曜日、いつものように、たまきは残業をせずに、一番早く園を出て行った。オレは、またメガボンに飲みに誘《さそ》われたが、用があると言って断り、少し時間をあけてから園を出た。

今日も、店内はくたびれたオジサンや、家族連れだけだった。たまきは、オレの姿《すがた》を見るなり嫌《いや》な顔をしたが、オレは気にしない。ミートソーススパゲッティを食べに来ただけなのだ。

今日も、この店のミートソーススパゲッティは美味《おい》しかった。

ドリンクバーコーナーに、飲み物のお代わりをつぎに席を立ったとき、厨房《ちゅうぼう》の奥から「天野《あまの》さん、これもお願い」と声が聞こえてきた。のぞいてみると、返事をしながら食器を洗っているたまきがいる。汚《よご》れた食器は山積みだ。この店は、どこまで人手不足なのだろうか。一生懸《いっしょうけん》命《めい》食器を洗うたまきをじっと見つめていると、ふいに目が合ってしまった。

マズイ！　完全にキモい奴《やつ》だと思われる！　たまきに会うために、この店に来たと勘違《かんちが》いされるではないか！

オレはお代わりもつがずに席に戻《もど》った。よくわからないけど、とにかく帰ろう。またキレられたら、オレのガラス細工《ざいく》のハートは完全に壊《こわ》れてしまう。

席を立とうとしたとき、たまきが新しいコーヒーを手に、オレのテーブルにやってきた。

え？

こっそり見ていたことを謝《あやま》るべきか、コーヒーを持ってきてくれたことに感謝《かんしゃ》するべきか、「オレは、ココアが飲みたかったんだよ！」とキレるべきか、自分の次の行動に悩《なや》んでいると、たまきが目を合わせないまま言った。

「どうして、園長先生に言わなかったんですか？」

先日の職員会議のことを言っているようだ。

「隠《かく》したら、鈴木さんだって怒られるかもしれないじゃないですか」

武郎から教わった話をするわけにもいかないので、黙《だま》っていると、たまきはあきらめたように小さく息を吐《は》いた。またオレは怒らせてしまったのだろうか。

「……明日、ちゃんと園長先生に話します」

「え？」

「私、一人っ子なんです。父親はもう仕事をリタイヤしてるので、実家にお金を送らなきゃならなくて……。ここは人手不足で仕事がきつい分、時給も高いんですよ。だから、週１回でも深夜まで働けばけっこう稼《かせ》げるんです」

オレは余計《よけい》なことを言わないように、とにかく黙《だま》って聞いていた。

「なんでそこまでして、保育士を続けるんだって思ってますよね？　私、保育士の仕事が好きなんです。ただ、それだけなんです」

ただそれだけの理由に、たまきの気持ちがめいっぱい詰《つ》まっているような気がした。

「副業をやっていると言ったら、責任ある仕事を任されなくなるかもしれないし、保護者から信頼されなくなるかもしれない……色々考えちゃって、園長には言えませんでした。鈴木さんにも、迷惑《めいわく》かけちゃってすみませんでした」

先日、たまきがなぜオレに怒ったのか、少しわかった気がした。保育士の仕事が好きだから、ファミレスで働いている。保育士を続けるために、必死に働いて生計を立てている。それなのにオレは……。

頭を下げているたまきを見て、何か声をかけなければと思うが、何と言っていいのかわからない。オレの脳裏《のうり》に、武郎の言葉が浮《う》かんだ。

——男は、ホントに言いたいことを、一つだけ言えばいいんだって。

オレは、ホントに言いたいことを、一つだけたまきに言うことにした。

「ここのミートソーススパゲッティは、美味《おい》しいです」

「は?」

やはり間違《まちが》いだったようだ。これはオレのせいじゃない。武郎のせいだ。いや、正確には、男運の悪い武郎の母親のせいなのだ。必死に言《い》い訳《わけ》を考えていると、たまきが笑い出した。

「ナイショですけど、ここのミートソーススパゲッティ、冷凍《れいとう》ですよ」

いたずらっぽい笑みを浮《う》かべるたまきを見て、オレはなんだか嬉《うれ》しかった。

帰り際、たまきはオレに手を差し出した。わけがわからず棒立《ぼうだ》ちでいると、オレの手を強引にとって握手《あくしゅ》をする。

「明日も保育園でよろしくお願いしますね。優太郎《ゆうたろう》先生」

たまきがオレを、はじめて「優太郎先生」と呼んだ。あまりの衝撃《しょうげき》で、「オレは先生なんかじゃない」と言うのを忘れてしまった。そして、酒も飲んでいないのに、なんだか急に熱くなってきた。この星に来て約2ヵ月、自分が自分じゃないみたいに、オレの中でわからないことが次々と起こる。本当に、この星は居心地《いごこち》が悪い。

握手《あくしゅ》をしたたまきの手は、やっぱり硬《かた》くて、少し荒《あ》れていて、でも、すごく温かかった。

翌日、たまきは叔父《おじ》に、副業のことを正直に話し、これからも一生懸命《いっしょうけんめい》仕事に取り組むことを約束した。叔父は、自分から打ち明けたたまきの勇気を評価し、今まで無断で副業をしていたことに対しての処分はナシと決めた。そして、引き続き、たまきは責任ある仕事を任されることとなった。保護者にも、叔父と麗子像が説明し、無事にわかってもらえたようだ。

週末、久しぶりに母親の見舞《みま》いに行った。ずいぶん顔を見せないので、また引きこもりに戻《もど》ったのかと思ったと、笑っている母親の顔を見て、オレは安心した。

「あんた、髪《かみ》切ったの？」

保育園で働かされることになった時、叔父に１０００円カットの店へ連れていかれ、伸《の》びきった髪を勝手に切られた。それから約２ヵ月、襟足《えりあし》が伸びてきたので、再びカットしてもらったのだ。

「自分で床屋《とこや》に行ったの？」

「悪い？」

「別に悪くないけど」

ムフフといやらしい笑みを浮かべた母親は、オレをまじまじと見て、もう１度ムフフと笑った。

「なんだよ」

「あんた、好きな人がいるんでしょ？」

オレは幼い頃、「神童」と呼ばれ、東京大学を首席で卒業した男だ。恋は、されても、するものではない。腹が立ったので、武郎に話したのと同じように、森鷗外を引き合いに出して、恋愛がいかに不必要なものであるかを説いてやった。すると、意外にも母親は反論してきた。

「何言ってんのよ。森鷗外だって、恋愛しなかったら小説なんか書けなかったわよ。ドイツでの大恋愛があったからこそ、『舞姫《まいひめ》』っていう名作が誕生《たんじょう》したのよ」

『舞姫』は、主人公である太田豊太郎《おおたとよたろう》が、留学先のベルリンで踊《おど》り子《こ》のエリスと恋に落ち、人生を転落させ、友人の勧《すす》めにより、断腸《だんちょう》の思いでエリスと別れて帰国の途《と》につく物語である。

鷗外自身が、軍医としてドイツに留学した時の体験をもとに、書かれたといわれている。恋愛をしなければ小説が書けなかったというのは、母親の思《おも》い込《こ》みであるが、たしかに『舞姫』は、鷗外が初めて書いた小説である。恋愛の情熱が、鷗外に筆《ふで》を握《にぎ》らせたとも言えなくはない。

でも、オレは恋なんかしていない。

母親がしつこく色々聞いてくると面倒《めんどう》なので、オレは早々に帰ることにした。

帰《かえ》り際《ぎわ》、カバンから袋《ふくろ》を出した。

「はい。これ」

ドラッグストアで買った安いハンドクリームだ。

「頼《たの》んでたっけ？」

初給料で買ったプレゼントだなんて、野暮《やぼ》なことは言わず、オレは黙《だま》って病室を後にした。

ファミレスでたまきと握手《あくしゅ》したときに、オレは思い出したのだ。硬《かた》くて少し荒《あ》れていて温かい手——それは、毎日家事をして、清掃《せいそう》のパートをしている、オレの母親と同じだ。

こうして、オレの初給料は、残金3百円となった。月曜日、保育園に行ったら、ハロウィンパーティーの写真を買ってやろうと思っている。どうせ誰も買っていないだろうから、かわいそうになったのだ。決して、シンデレラの写真がほしいわけではない。

エピソード4

我慢《がまん》なんか、しなくていい

「雨にもまけず　風にもまけず　雪にも夏の暑さにも負けぬ　丈夫《じょうぶ》なからだをもち　欲《よく》はなく　決して怒《いか》らず　いつもしずかにわらっている　一日に玄米《げんまい》4合と　味噌《みそ》と少しの野菜を食べ　あらゆることを　じぶんをかんじょうに入れずに　よくみききしわかり　そしてわすれず　野原の松の林の蔭《かげ》の　小さな萱《かや》ぶきの小屋にいて　東に病気のこどもあれば　行って看病《かんびょう》してやり　西につかれた母あれば　行ってその稲《いね》の束《たば》を負い　南に死にそうな人あれば　行ってこわがらなくてもいいといい　北にけんかやそしょうがあれば　つまらないからやめろといい　ひでりのときはなみだをながし　さむさのなつはオロオロあるき　みんなにデクノボーとよばれ　ほめられもせず　くにもされず　そういうものに　わたしはなりたい」

連日の雨により、園庭で遊ぶことができないので、最近はもっぱら教室で、未完星人たちに本を読み聞かせている。

いつもは童話なのだが、そろそろ本が尽《つ》きてきたのか、「今日は優太郎《ゆうたろう》先生のおススメのご本を読んであげてください」と麗子像《れいこぞう》に言われ、オレは図書館から宮沢賢治《みやざわけんじ》の詩集を借りてきて、読んでやった。

しかし、改めて読んでみても、この詩は解《げ》せない。

宮沢賢治といえば、『銀河鉄道の夜《ぎんがてつどうのよる》』という名作を書いた童話作家《どうわさっか》でもあり、感受性の豊かなオレは、何度も涙《なみだ》し、考えさせられた。だが、賢治が亡くなった後に発見されたと言われる、この遺作《いさく》の詩は、何度読んでもイライラする。

「みんなにデクノボーとよばれ　ほめられもせず　くにもされず　そういうものに　わたしはなりたい」。

いや、オレは絶対になりたくない！　賢治には申し訳ないが、そんな自己犠牲《じこぎせい》は、弱虫の言《い》い訳《わけ》にしか聞こえない。オレのように誇《ほこ》りを持った人間は、自分の意に反することを、決して受け入れない力を持っている。どんなに大きな敵に対しても、自分を犠牲《ぎせい》にすることなく、信じた道を貫《つらぬ》く強さを持っている。だから、オレは引きこもりになったのだ。

「これはたいへん素晴《すば》らしい詩だと思いますが、子どもたちには少し難《むずか》しかったみたいですね」

麗子像の言葉通り、未完星人にイーハトーブの世界は早すぎたようだ。大声でわめいたり、歌ったり、寝たり、誰《だれ》も聞いていなかった。しかし、たった一人だけオレの声に耳を傾《かたむ》けていた奴《やつ》がいた。このネオキッズらんどの5歳児の中では、いちばん賢《かしこ》く、物わかりのいい鳥飼奏《とりかいそう》だ。奏は、爪《つめ》を噛《か》みながら、じっとオレの話を聞いていた。

12月に入って最初の日曜日、叔父《おじ》に連れられ、母親の見舞《みま》いに行くと、見知らぬおばちゃんが二人座《すわ》っていた。

「ちょうどよかった。これがウチの息子《むすこ》の優太郎」

全身アニマルプリントのおばちゃんと、とがった頭とつり目が特徴のビリケン像のようなおばちゃんは、オレを見て、なぜかウルウルし始めた。

「よかったわねぇ。無事に出てこられて」

「もう変な気起こして、お母さんに心配かけるようなことしちゃダメよ」

刑務所《けいむしょ》から出てきたような気分だった。どうやら、「引きこもりの息子」として、オレは何度も母親たち3人の会話に登場しているらしい。

「こちらは、給食センターで働いていた頃にお世話になった、小塚《こづか》さんと塩原《しおばら》さん」

どっちがアニマルプリントで、どっちがビリケンだかわからないが、とりえずオレは大人として、「ども」と挨拶《あいさつ》をしてやった。

父親が死んでから、母親は給食センターの仕事に就《つ》き、60歳《さい》で退職するまで、ずっと働き続けた。毎日、知らない子どもの食事を大量に作り、「ありがとう」も「美味《おい》しかった」も言われないような仕事を、なぜ母親が続けていたのか、オレにはサッパリわからない。

30分ほど経つと、コロコロとよく笑うおばちゃんたちを相手に、叔父が独演会《どくえんかい》を始めた。何度かこっそり帰ろうとしたが、その度に、絶妙《ぜつみょう》なタイミングで話題を振《ふ》られ、とうとう2時間も居るハメになった。

アニマルプリントとビリケンが帰るころには、叔父は喋《しゃべ》りたおしてヘトヘトになり、オレは聞《き》き飽《あ》きてクタクタになっていた。母親だけはまだまだ元気があり余《あま》っているようで、差し入れの信玄餅《しんげんもち》の3つ目を美味しそうに食べている。そして、信玄餅に黒蜜《くろみつ》をたっぷりかけながら言った。

「言い忘れてたけど、来週、退院になったから」

退院!?

オレは興奮して、母親が食べていた信玄餅のきなこを、盛大に吹《ふ》き飛《と》ばした。母親の退院が決まったということは、城に帰れるということ！　ミッション完了《かんりょう》！　引きこもりリターンだ!!!

しかし、そうは叔父《とんや》が卸《おろ》さなかった。叔父は、人手不足のために、オレに保育園をやめられたら困《こま》ると言い出したのだ。

「優太郎。せめて3月まで、ウチの園を助けてくれよ。頼む」

もちろん答えはNO!

……と言いたいところだったが、頭を下げた叔父の頭頂部《とうちょうぶ》に大きなオデキができているのを見て、オレは答えをのみこんだ。叔父には世話になったし、このオデキに免《めん》じて、頼みごとの一つくらいきいてやるのが男ってものだ。それに、まだ、あの未完星人たちの誰《だれ》一人、オレに降伏《こうふく》していない。一人くらい完全降伏させないと、オレのスター・ウォーズは終われない。

心の優《やさ》しいオレは、叔父の願いを聞き入れ、3月まで保育園で働くこととなった。もちろん、母親が退院したら、自分の城からの出勤だ!

「やっぱり恋《こい》はパワーね。好きな子ができると、こんな変わっちゃうんだから」

母親は完全に、オレが保育園の誰かに恋をし、3月までの勤務延長をOKしたと思《おも》い込《こ》んでいる。母親というものは、どの家でも、恋愛話《れんあいばなし》が好きなのだろうか。見舞いに来るたびに、

「相手はどんな人なの？」

「あんたのことどう思ってるの？」

「芸能人でいうと誰に似てるの？」

と根掘《ねほ》り葉掘《はほ》り聞いてきて、オレはうんざりしていた。しかも、今日は、デリカシーのかけらもない奴の前で……。

「お前、恋なんかしてるのか!?」

叔父にだけは聞かれたくなかった。しかし、時すでに遅《おそ》し。叔父は嬉《うれ》しそうな、というよりは、いやらしい顔で、次々とオレに質問する。

「相手はどんな人だ？」

「お前のことどう思ってるんだ？」

「芸能人でいうと誰に似てる？」

母親とまったく同じ質問をぶつけてくる叔父を見て、血のつながりは恐《おそ》ろしいということを感じた。こんなことになるくらいなら、オデキに同情なんかするんじゃなかった……。そんなことを考えている間に、今日2回目の独演会が始まっていた。

ここのところ園では、月末に行われるクリスマス会の準備で忙《いそが》しかった。誰が決めたのか知らないが、毎年、保育士たちが、サンタクロースにふんして園児たちにお菓子《かし》をプレゼントすることになっている。未完星人たちは、本物のサンタクロースと信じて、お菓子をもらって喜ぶそうだ。「知らない人からもらった物は、食べてはいけない」という日頃《ひごろ》の教えを、この日ばかりは忘れてもいいらしい。

オレは、なぜかクリスマス会でトナカイをやるはめになった。トナカイ役は二人で、一人は筋肉《きんにく》バカのメガボン。もう一人は、毎年、新人の保育士がやることになっている。本来なら虫眼鏡《めがね》のはずなのだが、「女の子にトナカイをやらせるのは、かわいそうだから」という麗子像《れいこぞう》の性差別発言により、オレが任命された。この地球上に生息しているトナカイにはメスもいることを、麗子像は知らないのだろうか。

鏡に映った、トナカイの着ぐるみを着た自分の姿《すがた》は、なんとも言えず惨《みじ》めだった。東大を首席で卒業したオレが、なぜトナカイになっているのだろうか。こんな馬鹿げたことなどやっていられないと、トナカイの着ぐるみを脱《ぬ》ぎ始《はじ》めようとした時、たまきがオレを見て、「かわいいじゃないですか」と言った。

オレは今、かわいいらしい。

よく考えてみると、着ぐるみが嫌《いや》だからと言って辞退《じたい》するのは大人げない。それに、やはり虫眼鏡にやらせるのは可哀想《かわいそう》な気もしてきたので、しかたなくオレは、降《お》ろしかけていた背中のファスナーを、もう一度上げた。別に、たまきにほめられたからではない。改めて鏡を見てみると、なかなか様になっている気もするし。

しかし、そんなオレのトナカイ姿を、腹を抱《かか》えて笑った奴がいた。

「そういう格好しちゃうと、東大卒もクソもないわね。あはははは」

目の前にいる口の悪い女に対して、殺意さえおぼえたが、腐《くさ》っても親戚《しんせき》なので、その気持ちは心の奥底《おくそこ》に封印《ふういん》した。オレは、なんと大人なのだろう。

未完星人たちは、クリスマス会がよほど楽しみなようで、部屋の飾《かざ》りつけをしながら、とにかくキャッキャッキャッと猿《さる》のように笑っている。そんな猿たちの声を断ち切るように、大きな物音が保育園を包んだ。

ドシン!!!

5歳児たちが作った、サンタクロースのソリが真横《まよこ》に倒《たお》れたのだ。幸い、ケガをした奴はいなかったが、さっきまで笑っていた未完星人たちは、今度はワァワァと泣き始める。笑ったり、泣いたり、本当に情緒《じょうちょ》がどうかしている奴ばかりだ。でも、その中で奏だけは、泣くことも、笑うこともせず、倒れたソリの横に突《つ》っ立《た》っている。

「奏くん。どうしてこんなことしたの?」

リーコは、奏を叱《しか》るよりも、なだめるように聞いた。でも、奏は何も言わない。

「お友だちにあたって、ケガしたら大変でしょう」

やっぱり奏は何も言わない。でも、ふてくされているわけでもない。顔を真《ま》っ赤《か》にし、キョロキョロと目を泳がせている。どうやら、自分がソリを押《お》し倒《たお》したことが、どれだけ大変なことか、奏は十分わかっているようだ。

だったら、なぜあんな真似《まね》をしたのか。奏は賢《かしこ》いとはいえ、しょせんは未完星人。やはりオレには理解不能だった。

クリスマス会

「お待たせしました。ミートソーススパゲッティです」

あれから、オレは水曜日には毎週、たまきの働いているファミレスでミートソーススパゲッティを食べている。最近は、来店すると、常連の客たちから「また、あの人来たわよ」的な視線を送られる。たまき曰《いわ》く、オレは、ファミレスではちょっとした有名人らしい。

別にたまきに会いに来ているわけではない。ミートソースを食べに来ているだけだ。そのことを、周囲の人間や、たまき本人にハッキリわからせるためにも、オレは「たまきには興味ありません」というスタンスを強くして、できるだけそっけなく振《ふ》る舞《ま》うことにした。

「奏くん。どうしてあんなことしたんですかね？」

オレのスタンスも無視して、たまきはなれなれしく話しかけてきた。でも、そんなことで、このオレのスタンスは変わらない。薄《うす》めのリアクションを徹底《てってい》することにした。

「さぁ」

「ウチに入園してきてから、一度も問題なんか起こしたことないんですよ。保育士からしたら、模範的《もはんてき》な園児なんです。いつもいい子にして、ワガママも全然言わないし」

「へぇ」

「でも、最近あんまり笑わなくなった気がします。やっぱり、おうちのことが関係しているんでしょうか」

奏の家は、最近、両親が離婚《りこん》し、シングルファーザーとなった父親が、仕事と家事と育児を一人でこなしているらしい。たまきの話によると、未完星人たちが保育園で起こす問題の多くは、家庭環境《かていかんきょう》が関係しているという。母親を失った寂《さみ》しさや、慣《な》れない家事や育児をこなす父親への不満が爆発《ばくはつ》し、今日のような乱暴な振《ふ》る舞《ま》いを起こさせたのではないかと、たまきは推《すい》測《そく》した。

オレには奏の気持ちがさっぱりわからない。母親がいなくて寂しいなら、そう言えばいいし、父親に不満があるなら、その不満を訴《うった》えればいい。保育園で暴れたところで、誰にも何も伝わらない。実際、奏を迎《むか》えに来た父親に、今日の事件のことを話しても、「うちの子がそんなことをするはずがありません。偶然の事故じゃないんですか?」と、信じなかった。結局、今日の奏の小さな抵抗《ていこう》は、何の意味もなかったのだ。

「優太郎先生は、奏くんのこと気にならないんですか? いつもと違《ちが》う行動は、子どもからのSOSのサインかもしれないんですよ」

オレだって気にはなっている。他の未完星人ならまだしも、奏は、あの園の中で唯一《ゆいいつ》、オレの偉大《いだい》さを理解し、降伏《こうふく》しそうな奴なのだ。オレとしても大事にしてやりたい。しかし、たまきにそんな長々とした返事をしたら、誤解されるかもしれないので、やっぱりリアクションは薄《うす》めにすることにした。

「まぁ……」

ちょっと薄すぎたかと思ったが、もう遅かった……。たまきは「もういいです」と少しイラ立った顔をして、それ以降、オレのテーブルには近づかなかった。

オレは悪くなんかない！

次の日、園に行ったら、「ねぇねぇ」と袖《そで》をつかまれた。爪《つめ》の先《さき》がギザギザで、ささくれをいっぱい作ったその小さな手は、奏の手だった。

「ゆうたろうセンセー。デクノボーってどういう意味？」

突然のことで、オレのハイスペックな脳は一瞬《いっしゅん》フリーズしたが、すぐにそれが前に読み聞かせた宮沢賢治の詩のことだとわかった。

「デクノボーっていうのは……バカってことだ」

「『バカになりたい』っていうお話なの？」

なんという極端《きょくたん》な解釈《かいしゃく》。天下の宮沢賢治の詩を、「バカになりたい話」と片づけるなんて、さすがは未完星人！　岩手県民からのクレーム必須《ひっす》の発言には、さすがのオレもとまどったが、奏の言うことも、あながち間違《まちが》っていないと思う。

「たしかにあの詩は、バカになりたいという話かもしれない。誰かのために、自分は我慢《がまん》ばっかりするっていう詩だからな」

「我慢するのはバカなの？」

「オレに言わせればバカだ。我慢なんて、無駄《むだ》なことだからな」

「そんなことないよ」

「そんなことある！　思ったことを、心の中にずっとしまっていたら、相手に伝わらないんだぞ。そんなの、思ってないのと同じだ。だから、我慢なんかしなくていいんだ」

大人として素晴《すば》らしい教えを説いてやったオレは、昨日の奏の行動について聞いてみようと思った。オレだって、オレなりに、未完星人たちのことを気にしているのだ。それをたまきに証明するためにも、「なんか家で嫌《いや》なことでもあったのか?」と、優《やさ》しく聞いてみようと思う。

しかし、絶妙《ぜつみょう》なタイミングで、またしてもリーコが横ヤリを入れてきた。

「ちょっと。子どもたちに変なこと教えないでよ」

まるで不審者《ふしんしゃ》から子どもを遠ざけるかのように、奏を遠くへ行かせ、リーコはオレに説教を始めた。

「『我慢しなくていい』なんて、軽はずみに言わないでよね」

「オレは間違ってない」

「間違ってるわよ。子どもが変な解釈《かいしゃく》をして、ワガママばっかり言うようになったらどうするの?」

リーコのヒステリックな声に、他の保育士たちも集まってきた。その中に、たまきがいるのに気づいたオレは、リーコに言い負かされるわけにはいかないと、闘志《とうし》に火がつく。

「それならそれでしかたない。我慢ばかりして、自己主張できない大人になるくらいなら、ワガママなほうがいい」

「世の中、我慢せざるを得ないことだってあるでしょう。自分が我慢して、誰《だれ》も傷つかないですむなら、そのほうがいいことだってあるじゃない」

「そんなものは、自分の意見をちゃんと主張できない奴の言い訳だ」

「言い訳なんかじゃないわよ！」

「負け犬が、自分を正当化してるだけだろ」

負け犬という言葉に、リーコの眉《まゆ》が一瞬《いっしゅん》動いた。

「あんたみたいな社会不適合者には、他人《ひと》の気持ちなんかわかんないのよ！」

怒《いか》りが極限に達したらしいリーコは、顔を真《ま》っ赤《か》にしたまま、その場を去っていった。とりあえず、敵が退場したということは、オレの勝ちということだろうか。

勝者のもとに、たまきがやってくる。どんな風にほめられるのかと胸をふくらませていると、期待はあっけなく裏切られた。

「優太郎先生って、理沙子《りさこ》先生に対しては、ちゃんと自分の意見をぶつけたりするんですね」

リーコに続き、たまきも怒って、オレのもとを去って行ってしまった。

オレは何も悪くないのに、どうしてこんなに怒られなきゃならないのだろうか。

それから、リーコはずっとご機嫌ナナメで、家でも、園でも、オレと目を合わせず、仕事のこと以外は、いっさい口を利《き》いてくれなかった。「自分が我慢して、誰も傷つかないですむなら、そのほうがいいことだってある」と言うんだったら、オレに対するこの怒りも、少しは我慢してほしいものだ。オレだって傷つくんだ……。

翌日、奏が破壊《はかい》したソリの修復作業で、一番遅《おそ》くまで残業していたオレは、叔父《おじ》に飲みに行こうと誘《さそ》われた。今から叔父の独演会を聞くパワーなど、どこにも残っていなかったが、空腹が限界だったので、誘われるまま近くの焼《や》き鳥《とり》屋に入った。

「かんぱい」

カルピスサワーとビールをカチンと合わせた後、叔父はいやらしそうな顔でオレを見る。

「こないだ話してた好きな子に、クリスマスプレゼントは買ったのか?」

やっぱり誘いを断ればよかった……。

「どんな女も、プレゼントをもらって嫌《いや》な気はしないからな。まだ片想いなら、あんまり重くなりすぎないように、ハンカチなんかでいいんじゃないのか? イニシャル入りは、喜ばれるぞ。まぁ俺《おれ》も、もうずいぶんそういうのから遠ざかっちゃったからな。相談するなら、もっと若い奴にしてくれ。悪いな」

一言も相談なんてしていないのに、相談するなと断られた。告白もしてないのに振《ふ》られた気分だ。

ひと通り焼き鳥をつまんでからも、叔父の独演会が始まる気配《けはい》はない。だからと言って、クリスマスプレゼントの話もあれっきり。珍《めずら》しいこともあるものだと、内心ほっとしていると、叔父が言いづらそうに話し始めた。

「理沙子は、最近なんでイライラしてるんだ?」

どうやら、今日の本題はリーコのことらしい。でも、オレは何も答えられない、なぜなら、答えを聞きたいのはオレのほうだから。

「保育士の仕事にも慣れて、最近少しずつ、元気になってきたと思ってたんだけどな」

リーコは大手広告代理店をクビになり、実家であるネオキッズらんどで、次の仕事が決まるまで、保育士として働いているのだ。

「やっぱり前の会社のこと、まだ引きずってるのかな」

「前の会社のこと?」

「信頼《しんらい》している人に裏切《うらぎ》られたわけだからな」

叔父は焼き鳥をつまみながら、リーコが、慕《した》っていた上司からミスをなすりつけられ、そのせいで会社をクビになったことをオレに話した。

「何も言わないけど、アイツ、悔《くや》しかっただろうな」

食べ終わった焼き鳥の串《くし》を、つまようじ代わりにする叔父を見ながら、オレは、いつか母親の病院で、リーコもこんな風に悲しそうな顔をしていたことがあったのを思い出した。

あれは、保育園で働き始めた初日、オレの失態を母親に言いふらすリーコに腹を立てて、「今時クビなんてなかなかないぞ。相当使えない奴ってことだぞ」と、オレが言った時だ。あの時、いつもは威勢《いせい》のいいリーコが、何も言い返さず、ただただ黙《だま》っていた。

何も知らなかったんだからしかたない。あの時、ちゃんとリーコが本当のことを教えてくれればよかったんだ。「自分が使えない奴だからクビになったんじゃない」と、言ってくれればよかったんだ。オレは何も悪くない。

それからは、何を食べても、何の味もしなかった。ただ、カルピスサワーがいつもより濃《こ》かったのか、身体の真《ま》ん中《なか》がジワジワ熱くなった。

クリスマス会までいよいよ一週間となった。あれから、オレはリーコと上手《うま》く話せていない。言わなきゃいけないことは分かっているが、そのたった一言が、オレには言えなかった。

すべての飾《かざ》りつけを終えて、教室から出てくると、ちょうど何人かの親が迎《むか》えにやって来ていた。その中には、奏の父親もいる。奏は父親を見るなり嬉《うれ》しそうに抱《だ》き着《つ》いたが、父親と話しているうちに、その顔はどんどん曇《くも》っていった。

「ごめんな奏。お仕事でどうしても行けなくなっちゃったんだよ」

「……」

「さっき主任先生に言ったら、クリスマス会に、お父さんやお母さんが来られない子もたくさんいるって言ってたし、我慢できるよな?」

「……」

「奏はいい子だからわかってくれるだろ?」

「……わかった」

どうやら、一週間後のクリスマス会に、奏の父親は仕事で来られなくなってしまったらしい。

父親は安心した顔で、麗子像《れいこぞう》やたまきに改めて事情を説明している。その間、奏はずっと爪《つめ》を噛《か》んでいる。奏の爪の先は、これからもずっとギザギザだと、オレは思った。爪を噛んでも、ほっとけば伸びるからいい。クリスマス会のソリを壊《こわ》しても、直せば元に戻るからいい。でも、奏の我慢がもっと限界までいったら、この小さな未完星人は、どうなってしまうのだろうか。

オレは急に不安になって、奏に言った。

「デクノボー」

奏は、オレのほうをじっと見た。

「デクノボー」

もう1度言ったその時、オレの視界の先にリーコが見えた。恐《こわ》い顔でじっとオレをにらみつけ、こっちに向かってきた。

ああ……今日はもうバトルをする気力など残っていないのに……。

しかし、意外にもリーコが向かった先は、オレではなく奏だった。

「奏くん。どうしてもイヤなことがあったら、我慢しないでいいからね」

聞《き》き間違《まちが》えたかと思ったが、リーコはもう1度ハッキリと奏に言った。

「お父さんが悲しまないように、我慢する奏くんは、エライと思うよ。でも、奏くんの本当の気持ちを隠《かく》していたら、お父さんはもっと悲しいと思うよ」

奏の瞳《ひとみ》がかすかに動いたことに、オレは気づいた。

しかし、結局、奏は何も言わずに父親と帰っていった。


他の保育士たちが帰るまで、オレは仕事もないのに、鉛筆《えんぴつ》を削《けず》ったり、引き出しの掃除《そうじ》をしたりして、時間をかせいだ。お陰《かげ》で、鉛筆は使えないくらい小さくなってしまった。

リーコと二人きりになってから、オレは勇気を振《ふ》り絞《しぼ》って話しかけた。ケンカしてから、まともに口を利くのは初めてだ。

「さっきのだけど……」

「は?」

リーコはまだ怒っているらしい。怒っている奴は「え?」と言う場面で、「は?」と返すことを、オレは知っている。

「……だから、さっき言ってたやつ」

「なんか文句ある?」

「あるに決まってるだろ。こないだ言ってたことと全然違うじゃないか。あれはオレが言ったことのパクリだぞ！　パクるなら、ちゃんと負けを認めろ！」

　ああ……どうしてオレは、思ってもいないようなことを口走ってしまうのだろうか。こんなことを言うために、話しかけたわけではないのに……。

「奏くんには、私と同じような思いをしてほしくなかったから」

　意外にも、リーコはオレの挑発《ちょうはつ》をかわし、真《ま》っ直《す》ぐオレを見て言った。そして、前に働いていた会社で、他人のミスをかぶって退社したことを話し出した。

　ミスをしたのは、仕事も完璧《かんぺき》で、部下の面倒見《めんどうみ》もよく、誰からも尊敬される上司だった。なかなか仕事ができず、ミスばかりして、同期の中で一番の落ちこぼれだったリーコは、いつもその上司にかばってもらい、励《はげ》まされていたらしい。そんな上司が、ある時、取り返しのつかない大きなミスをした。

「『自分には、養っている家族がいる。子どももまだ小さいし、会社をクビになるわけにはいかない。君だったら、まだ若いから、これからいくらだって可能性はあるだろう』。そう言って、頭を下げられたの」

「それで身代わりになったのか？　オメデタイ奴だな」

またオレは、余計《よけい》なことを言ってしまった。もう喋《しゃべ》るのはよそう。

「本当に私はオメデタイ奴よね。私が我慢してミスをかぶれば、その上司も、上司の家族も、会社も、みんなが助かるって思ってたんだから」

喋《しゃべ》らない代わりに、何かリアクションをせねばと思っていたら、つい鼻で笑ってしまった。

また失敗……。

「笑っちゃうでしょ。アンタの言った通りなのよ。みんなのために我慢したなんて、結局は言い訳。本当は、恐《こわ》かったんだよね。もし断って、上司から『お前なんか、辞《や》めたって誰も困《こま》んないんだ』って言われたら、何も言い返せないから。自分が傷つかないように、言いたい事も我慢して、黙《だま》って身代《みが》わりになったの。でも、結局そのことをずっと後悔《こうかい》してる。…たしかに、負け犬よね」

もう、リーコはオレのリアクションなんて何も求めていなかった。ゴチャゴチャになった本《ほん》棚《だな》を、キレイに並べ直すみたいに、ひとつひとつ、自分の気持ちを整理し、確認しながら、話し続けた。

「奏くんには、そんな風になってほしくない。大好きなお父さんを気遣う優しさはとても素晴らしいと思うけど、嫌《きら》われることや、怒《おこ》られることを恐《おそ》れて、自分の気持ちにフタをするようになっちゃダメ。アンタも見たでしょ？　奏くんの爪」

奏のギザギザの爪を思い出すと、奏が悲鳴をあげているような気がして、胸の真ん中が痛くなった。

「我慢しすぎると、だんだん自分が出せなくなる。そうすると、いつかパンクしちゃうから」

リーコに、何かいいことを言ってやろうと思ったが、何一つ浮かんでこない。オレは、パンクするほど、何かを我慢したことがないからだ。

ずっとリーコに言おうと用意していた、たった一つの言葉も、やっぱり言えなかった。

週末、いよいよ母親が退院することになった。今日から我が城へと帰れるのだ。でも、母親を迎《むか》えに行くオレの足取りはとても重い。奏のことや、たまきのことや、リーコのことが、ずっとモヤモヤとオレの頭を渦巻《うずま》いている。いま、母親に恋愛話《れんあいばなし》を聞かれるのは勘弁《かんべん》してほしい。

病室に直行する気になれなかったオレは、ロビーでしばらくぼーっとしていた。

「あら？　ゆうたろう君？」

振《ふ》り向《む》くと、後ろの席にアニマルプリントが座って、みかんを食べていた。

アニマルプリントは、夫の人間ドッグに付《つ》き添《そ》って来たらしい。聞いてもいないのに、ペラペラと個人情報を語りはじめた。亭主関白《ていしゅかんぱく》なクセに、夫は一人じゃ病院にも行けないこと。家事はいっさいやらず、手のかかる人であること。仕事から帰って、家に誰もいないと怒りだすこと。ほとんど全部、オレにとっては、芸能人のゴシップ以上に、どうでもいいことだった。

「だから、あたしは給食センターの仕事を選んだのよ。朝は早いけど、その分、終わる時間も早いから。水仕事で年中手は荒《あ》れちゃうし、けっこう力仕事もあってキツいんだけど、やっぱり勤務時間が魅力よね。おたくのお母さんも、それで選んだんだもんね」

「え？」

「ゆうたろう君が、学校から帰ってきて一人ぼっちだと可哀想《かわいそう》だから、早く帰れる仕事じゃないとダメなのって。鈴木さん、そう言ってたわよ。はい、これあげる」

アニマルプリントは、キレイにむいたみかんを2切れ、オレのてのひらにのせた。アニマルプリントの手も、母親と同じように、固くて温かかった。

「あんた、少しは手伝ってよ」

病室で、荷物をまとめている母親を見ながら、オレは聞いてみた。

「……給食センターの仕事、大変だった？」

「え？」

「だから給食センターの仕事……」

今のオレの気持ちを読まれると困《こま》るので、さっさとこの話題は終わらせたかった。

「大変じゃないわけないじゃない。でも、仕事なんて、みんな大変でしょ。多かれ少なかれ、みんな我慢しながら働いてるのよ。あんただってそうでしょう？」

たしかに、オレもライフラインを確保するために、しかたなく叔父と取り引きし、保育園で働いている。

「大事なものを守るためには、少しくらい我慢も必要なのよ」

母親にとって「大事なもの」とは何だろう。荷物をまとめ終わった母親は、最後にハンドクリームを大切そうにバッグに入れた。それは、オレが初給料でプレゼントした、安物のクリームだ。あの時、もっと我慢して節約していれば、もう少しいいクリームを買えたのに……。

クリスマス会は、つつがなく行われた。サンタクロースにふんした叔父を乗せたソリは、思った以上に重くて、オレとメガボンは汗《あせ》だくになった。東大卒のオレが、なぜこんなジジイを運ばなければならないのか……。しかし、叔父も苦しそうな顔をしている。どうやら、サンタクロースのカツラと帽子《ぼうし》により、頭頂部のオデキがすれて痛いらしい。叔父は、オデキの痛みを必死に我慢《がまん》しながら、サンタクロースとして、笑顔で子どもたちにお菓子《かし》を配っている。みんな我慢しているのだ。

最後の演《だ》し物《もの》である、未完星人たちによるクリスマスソングの合唱が始まった。決してうまいとは言えない合唱を、鈴《すず》を鳴らしながら聞いていたオレは、教室の後ろから入ってきた奏の父親を発見した。クリスマス会には来られないと言っていたが、仕事が早く終わったのだろうか。

合唱が終わり、クリスマス会も無事に閉幕《へいまく》すると、奏は、まっすぐに父親のもとへ走っていき、オデキサンタからもらったお菓子を、嬉《うれ》しそうに見せる。

「パパの分のお菓子はないからね。パパが遅《おそ》いから悪いんだよ」

「これでも急いで来たんだぞ。許してくれよ」

「帰りにアイスクリーム買ってくれたらいいよ」

「わかった」

「あと、今日のごはんはオムライスがいい」

「オムライスかぁ…。わかった。頑張って作ってみるよ」

今日のクリスマス会にどうして父親が現れたのか、オレは理解した。それはとても単純だ。奏が「来てほしい」と正直に言ったのだ。

今までの分を取り返すように、父親にワガママを言って甘《あま》えている奏を見て、オレはなんだか恥《は》ずかしくなった。我慢せずに、ワガママを言うのは簡単だ。それでも奏ができなかったのは、父親のことが大好きだから。大事なものを守るためには、我慢は必要だから。

オムライスの作り方に頭をひねっている父親を見て、奏は言った。

「やっぱり、今日はカレーがいい。昨日の残りのカレー食べたい!」

まだまだ奏は、ワガママに関しては初心者だ。オムライスをカレーで我慢するなんて、オレには考えられない。

でも、オレは奏をバカな奴だとは、もう思わない。ただ、デクノボーなのだ。

クリスマス会の後片づけをしているたまきを見つけて、オレは勇気を振り絞って声をかけた。

「天野《あまの》先生……」

思えば、たまきを名前で呼ぶのは初めてだ。なんだか顔が熱くなってきた。

勇気をふりしぼって次の言葉を続けようとすると、たまきが言った。

「無理しなくていいですよ。こないだは、大人げないことを言ってすみませんでした。優太郎先生は、優太郎先生のペースで、この園に慣れていってください」

たまきは、いったいなんの話をしているのだろうか。

「人と話すのが苦手な園児も、ゆっくり時間をかければ、だんだんとなじめるようになるんです。だから、無理に話さないでもいいですよ」

何か誤解されているようだ。その誤解を解くためにも後ろに隠していたクリスマスプレゼントを渡そうとすると…

「また、ミートソーススパゲッティを食べに来てくださいね。もう無理に話しかけたりしませんから。お疲れ様でした」

笑顔で去っていくたまきを、オレは見送ることしかできなかった。

ああ……なんでこうなるのだろうか。我慢せずに、この場で大声で泣いたら、楽になるのだろうか。

「アンタ、泣きそうな顔してんじゃん」

またしても最悪なタイミングでリーコが現れた。いま一番会いたくない相手だ。

無視してその場を去って行こうとしたが、大事なことを思い出した。

「……申《もう》し訳《わけ》なかった」

リーコは、少し驚いた顔をして、オレを見た。

「……すまなかった」

リアクションがないので、もう一押ししてみる。

「……悪く思うな」

謝罪の言葉は、実にバリエーションが豊富だ。しかし……

「どうしたの？　アンタ熱でもあんの？」

相手に気持ちが伝わらないのはなぜだろう。

「いいから、言葉のままに受け取れ」

謝っているはずが、いつの間にか偉《えら》そうな口調《くちょう》になってしまっている自分にイラ立ち、さらに偉そうなことを言ってしまった。

「何も知らないで、クビになったなんて言って、悪かったって言ってんだよ！　それくらい理解しろ！」

どうして自分がキレているのかわからない。これじゃあ、またリーコを怒らせることになるじゃないか。

「もしかして、それ私のために？」

リーコの視線は、オレの手にしているプレゼントに注がれている。たまきのために買った、クリスマスプレゼントだ。渡《わた》せなかったので、無駄《むだ》になってしまったプレゼント……。「どんな女も、プレゼントをもらって嫌な気はしない」という叔父の言葉が、オレの脳裏《のうり》に蘇《よみがえ》る。

「これ、やるよ」

差し出したプレゼントに、素直《すなお》に喜ぶリーコを見て、オレはその場を後にした。オデキ、サンキュー！

しかし、歩きながら最悪なことを思い出した。叔父からのアドバイス通り、オレはハンカチを買ったのだが、そこにはたまきのイニシャル「M」が入っている。

なんてこった……。オデキのバカ野郎《やろう》！　オレは悪くない。リーコのために買ってきたとは、一言も言っていない。アイツが勝手に見つけて、欲しそうな顔をしたのが悪いのだ。

「優太郎!!!　何よコレ!!!」

リーコの怒鳴《どな》り声《ごえ》を背中に浴びながら、オレは決意した。今日は、リーコにはいっさい反論せず、黙《だま》って怒られてやろう。それでリーコの気がすむなら、オレは我慢する。

みんなにデクノボーとよばれ、ほめられもせず、ちょっと苦にされている。そういうものに、オレはなってやろうじゃないか。

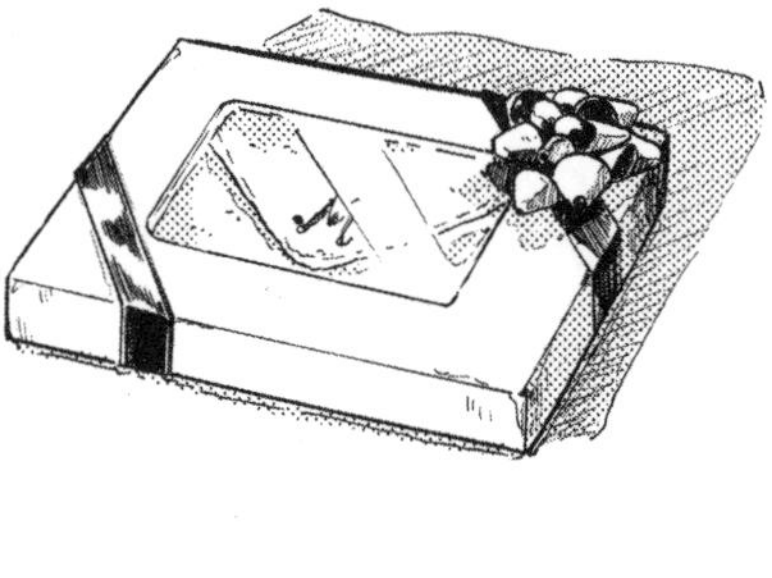

エピソード5

親なんか、いなくていい

今年は、いつもと違《ちが》う正月を迎《むか》えることになった。引きこもってから、毎年6畳《じょう》の部屋で、本を読《よ》み漁《あさ》りながら、母親が作ってくれた一人前のミニおせちを食べていたが、今年は違う。延々《えんえん》とくだらないネタをやり続けるお笑い番組を見ながら、二人前のおせちをつついている。目の前には、楽しそうに笑う母親。

年末に母親が退院してから、オレはやっと自分の城に戻《もど》れたわけだが、帰還《きかん》を果たすためにいくつかの条件が出された。

一．食事は必ず、食卓《しょくたく》で母親と一緒《いっしょ》に食べること。
二．「おはよう」「おやすみ」の挨拶《あいさつ》は、必ず母親の顔を見てすること。
三．部屋の鍵《かぎ》はかけないこと。
四．これらの条件をクリアできない場合は、叔父《おじ》の家での下宿生活に戻ること。

33歳《さい》にもなって、こんな条件を守らねばならないことは屈辱的《くつじょくてき》だったが、あのガサツ一家とともに暮らすよりはマシだと思い、オレは条件を飲んだ。

退院してから、母親は入院前よりも元気になっていた。毎日、父親の仏壇《ぶつだん》に座り、「優太郎《ゆうたろう》が、引きこもりをやめて、保育士さんになったんですよ」と嬉《うれ》しそうに報告している。オレは別に、引きこもりをやめた覚えはないし、保育士になってもいない。叔父と約束した3月になったら、ふたたび6畳の部屋に籠城《ろうじょう》するつもりだ。しかし、今はまだ黙《だま》っておこう。また母親と叔父が策《さく》を練《ね》って、新たな悪魔的《あくまてき》取り引きをさせようとするかもしれない。

それにしても、年末から正月にかけて、母親と二人だけで過ごすのは退屈だった。今まで一人でも、何も退屈ではなかったのに、今は二人でもすぐに退屈になる。未完星人たちは、どんな正月を迎《むか》えているのだろうか……。

年明けから、オレのスター・ウォーズ最終章は開幕《かいまく》した。今日だけは、「おはようございます」ではなく、「おめでとうございます」と声を掛《か》け合《あ》う。たまきがいて、リーコがいて、麗子像《れいこぞう》がいて、メガボンがいて……みんな口々に、「今年もよろしくお願いします」と言う。数日前の年末と、何も変わらないのに、どこかみんな、すがすがしい顔をしている。それが「年はじめ」というものであることを、この年齢《とし》にして初めて実感した。

朝の職員会議では、叔父が全保育士を集めて、「今年も、誰《だれ》一人欠けることなく、またみんなで、元気に新年のスタートを切れて幸せです」と言った。どうやら、オレも「みんな」の中に入っているらしい。叔父は挨拶《あいさつ》の最後に、今日から5歳児クラスに、新しい園児を迎えることになったと発表した。名前は、汐見勇太郎《しおみゆうたろう》。

「同じ名前なんだから、汐見くんがみんなと仲良くできるように、お前がしっかりサポートしてくれよ。優太郎」

名前が同じだからといって、なぜオレが世話をしなければならないのか。全国の「ゆうたろう」が、みんな助け合って生きているわけじゃない。しかし、オレは「ゆうたろう」の中でも、とびきり優秀《ゆうしゅう》な「ゆうたろう」なので、しかたなく、新しい環境《かんきょう》に入れられてとまどうであろう、未完星人「ゆうたろう」の、世話をしてやることにした。

「センセー！　おれと同じ名前じゃん！　仲良くしよーぜ」

汐見勇太郎は、ひらがなで書かれた、オレの名札《なふだ》を見て、勝手に同族意識を持ち、かなり近い距離感《きょりかん》で話しかけてきやがった。人間関係は最初が肝心《かんじん》だ。「キング・オブ・ゆうたろう」として、ここで厳《きび》しく対応しなければ、この先ずっとナメられることになる。だから、オレはガツンと言ってやることにした。

「お前はオレと同じ名前を授かっているが、オレと同じレベルの人間ではない。オレは、『神童』と呼ばれた、スゴイ人間なんだ」

「おれのがスゲーんだよ。電気つけなくてもトイレできるもん」

相手が、話の通じない未完星人であることを忘れていた。でも、勝《か》ち誇《ほこ》った勇太郎の顔を見ていたら、このまま引き下がるわけにはいかなかった。

「オレは、東大を現役合格、首席卒業している」

「おれは、ソラマメの皮をむかずに食べれるんだからな」

「東京大学総長賞を獲《と》ったこともある」

「カサブタはがしても、泣《な》かないぞ」

「エントリーシートを出した全社から内定をもらった」

「プールの中でおしっこしてもバレなかったもんね！」

オレと勇太郎の、ゴールの見えない言い争いは、その日一日続いた。

勇太郎は、それからあっという間に園の人気者になった。クリっとした目に茶色《ちゃいろ》かかった髪《かみ》の毛《け》で、子役のような仕上がりの外見をしていたし、人見知りせず、明るく元気な性格で、未完星人だけでなく、保育士たちからも、たちまち支持を得たのだ。

「ゆうちゃんあそぼー」、「ゆうちゃん、一緒《いっしょ》にお絵かきしよう」、「ゆうちゃんのお顔の絵をかいてあげる」、「今日は、ゆうちゃんのトナリでおやつ食べたい！」と、とにかく、未完星人たちが勇太郎の取り合いをする。もはや勇太郎は、このネオキッズらんどのスーパースターだ。

「同じゆうたろうでも、こうも違《ちが》うもんかねぇ」

年末、たまきにあげるはずだったクリスマスプレゼントを、なりゆきで渡《わた》してしまって以来、リーコのオレへの当たりは、よりいっそう厳しくなった。

「あのカワイイゆうたろう君は、別の女のイニシャルが入った物を、プレゼントしたりしないわよね。どこかの『残念なゆうたろう』とは違って」

やっぱり根に持っているようだ。女という生物の執念深《しゅうねんぶか》さを、33歳にして初めてオレは学んだ。おそらく、オレは3月まで『残念なゆうたろう』と呼ばれ続けることだろう。

入園してから2週間目のある日、勇太郎は初めて駄々《だだ》をこねた。いつもは母親が迎《むか》えに来るのに、今日は、ずいぶん遅くなってから、仕事帰りの父親が迎えに来たからだ。勇太郎の家では、最近妹が生まれ、母親はその世話で大変らしい。

父親を見て、園の人気者であった『カワイイゆうたろう』は、一気にテンションを下げ、『ふくれっ面《つら》のゆうたろう』に変わった。

「カスミの具合《ぐあい》が悪くて、お母さん外に出られないんだから、しかたないだろ」

父親の言葉に、さらに勇太郎はヘソを曲げ、オレの後ろに隠《かく》れる。たまきから目配《めくば》せされたオレは、しかたなく、保育士らしいことを言ってやった。

「赤ん坊に手がかかるのは、太古《たいこ》の昔から変わらない節理《せつり》だ。脳《のう》があるなら理解しろ」

次の瞬間《しゅんかん》、勇太郎は思い切りオレの手に噛《か》みついた。

イッ!!!

オレの右手にはクッキリと乳歯《にゅうし》の跡《あと》が残っている。加減《かげん》を知らない未完星人は、たまきと父親の制止《せいし》がなければ、おそらくオレの手を噛《か》みちぎっていたことだろう。これだから言葉の通じない未完星人は嫌《きら》いだ。

「小さい子は、言葉で伝えられないストレスを、物を噛《か》んで発散させたりするのよ。でも、他の園児の手じゃなくて、アンタの手でよかったわ」

「最後の一言《ひとこと》がよけいだ」と、リーコに反論しようとした時、たまきがミートソーススパゲッティとポテトフライを運んできた。

水曜日の習慣として、仕事帰りにたまきの店へ行くオレに、なぜかリーコもついてきた。オレが毎週通っていることを、たまきから聞いたらしく、「どれだけ美味《おい》しいミートソーススパゲッティなのか食べてみたい」と言い出したのだ。しかし、結局、リーコが頼《たの》んだのは、生ビールとポテトフライだ。いったい、何をしについてきたのだろうか。

「あんな野蛮《やばん》な奴《やつ》に、もう関わりたくはない」

オレの言葉に、リーコより先にたまきが反論する。

「野蛮《やばん》とは言いませんよ。まだ上手に自分の感情を出せないだけです」

「そうよ。アンタにだって、そういう時期があったでしょ」

「オレは、神童だから、あんな野蛮なことはしない」

今度はリーコが先に言葉を返す。

「賢《かしこ》い子だからって、気持ちをすべて言葉で表現できるわけじゃないのよ」

負けじと、たまきが口を挟《はさ》む。

「そうですよ。子どもは、気持ちが強すぎると、爆発して、乱暴な行動に出てしまうことがあるんです!」

たまきとリーコの間に、見えない火花を感じるのはオレだけだろうか。心なしか、二人ともイライラしている。そのイライラは、もちろんオレにぶつけられる。

「アンタ、保育士の資格持ってるくせに、そんなこともわかんないの?」

「今まで保育園で働いてきて、何も学習されてないんですね」

とりあえず、オレは黙《だま》っていることに決めた。

たまきは、生まれたばかりの妹に母親を取られて、勇太郎は寂《さび》しかったのではないかと言った。自分を見てほしいという気持ちを爆発させ、噛《か》みついてしまったのだと。しかし、母親に噛みつくならわかるが、なぜオレが噛みつかれなければならないのだ。これじゃあ、通《とお》り魔《ま》と変わらないではないか。オレは、なんて「可哀想《かわいそう》なゆうたろう」なのだろう。

「アンタだって、その歳になってもまだ、自分の気持ちを言葉で伝えられないじゃない。勇太郎くんと同じよ」

オレは野蛮《やばん》な未完星人ではない！　と言おうとしたが、またややこしいことになるので、その言葉をグッとを飲《の》み込《こ》む。

「アンタはまだまだガキなのよ。おばさんにも心配ばっかりかけて」

残念ながら、言葉を飲み込んでも、オレへのバッシングは終わらなかった。ただ、母親のことを知らないたまきは、参戦してこず、リーコの独壇場《どくだんじょう》だ。

ミートソーススパゲッティも食べ終わったので、そろそろ逃《に》げ帰《かえ》ろうと思ったとき、たまきが言った。

「優《やさ》しくて心づかいがあって、いいお母様《かあさま》ですよね」

どうして、たまきがうちの母親のことを知っているのだろうか。

「この間、園にいらしたんですよ。優太郎先生が2歳児のお散歩に行ってる時だったかな。美《お》味《い》しいフルーツタルトを持ってきてくださって」

たしかに、園の冷蔵庫にオレ好みのフルーツタルトがあった。そして、オレはそれを食べて満足した。まさか、母親が持ってきたものだったとは……。

「アンタ知らなかったの？　『いい歳して、ろくに社会経験もないので、みなさんにご迷惑《めいわく》をおかけしていないでしょうか』って、おばさん心配してたわよ。30過ぎて、親にそんなことさせるなんて、恥《は》ずかしいと思いなさいよ」

恥ずかしい！　恥ずかし過ぎる！

だから、オレは家に帰ってから、ここ数年で一番大きな声を上げた。


「勝手なことするなよ!!!」

退院してから、ビル清掃《せいそう》のパートを再開させた母親は、オレが帰ると、すでに帰宅して夕飯の支度《したく》をしていた。

「そんな大きな声上げて、ご近所迷惑《めいわく》でしょう。それより、食事して帰るなら、先に連絡《れんらく》してちょうだいよ」

「『いい歳して、ろくに社会経験がない』なんて、みんなに言いふらすことないだろ！」

「言いふらしたわけじゃないわよ」

「たまきも知ってたぞ！」

「たまきって誰よ？」

「うるさい！　オレに恥《はじ》をかかせやがって！」

「心配だったのよ。初日からトイレに立てこもって、みなさんにご迷惑《めいわく》おかけしたって聞いたから。それより、アンタ、何食べてきたの？」

「トイレに立てこもったのは、オレが悪いわけじゃない！　言葉の通じない、下等《かとう》な奴《やつ》らと、同じ空間にいるのが嫌《いや》になっただけだ」

「またそういうこと言って。会社を辞《や》めた時もそうじゃない。周りを見下してばっかりで、自分は何も悪くないって……」

もう8年も前になるのに、母親の言葉で、会社を辞めた日のできごとが、昨日のことのようにオレの脳裡《のうり》に蘇《よみがえ》った。

「大人になったら、勉強やスポーツができるだけじゃダメなのよ。人間関係っていうのが、一番難しいんだから。それができて、初めて『一人前の社会人』なの。やっと外に出られたんだから、今度は同じ失敗しちゃダメよ。あんたの好きなミートソーススパゲッティ作ったけど、食べる？」

すべて知ったようなことを言う母親に、オレはむしょうに腹が立った。オレは、一人前の社会人だ。オレは、一度も失敗なんかしちゃいない。オレは、何にも悪くない。でも、その言葉のどれもが、なんだかしっくりこなくて、気づいたら手が動いていた。食卓に並んだ2つのミートソーススパゲッティを、オレは何も言わずに、思い切りひっくり返した。

ファミレスで、たまきが言ったことを思い出していた。「子どもは、気持ちが強すぎると、爆発して、乱暴な行動に出ることがある」。

オレは、子どもなんかじゃない!!　のに……。


23歳の時、就職先として人気の大企業《だいきぎょう》に入社したオレは、学生時代のように、一番を目指して、一生懸命《いっしょうけんめい》仕事に打ち込んだ。でも、結果はついてこなかった。原因は、落ちこぼれた奴らと、プロジェクトチームを組まされたからだ。オレは周りの奴らとはレベルが違《ちが》いすぎて、逆に、チームでは浮《う》いた存在だった。いつか、周りがオレのレベルに上がってくるだろうと思っていたが、まったく変化は見られない。だから、オレはチームを無視して、自分だけで会議資料を作り、自分だけで報告書をまとめ、自分だけで業績アップを目指した。しかし、それでも結果は出ず、オレはどんどん孤立《こりつ》していった。そして、25歳の時、プロジェクト会議で事件は起こった。

オレは、いつものように、自分だけで会議資料を作って、プレゼンに臨《のぞ》んだ。学生時代から、人前で自分の意見を発表することは得意だった。みんながオレの意見に感心し、プレゼン能力に惚《ほ》れ惚《ぼ》れした。世の中には、「スポットライトを浴びる人間」と、「その人間に拍手《はくしゅ》を送る人間」の、2つの人種がいる。そして、オレはまぎれもなく、前者の「スポットライトを浴びる人間」だった。

その会議で、オレは上司から、同じチームの、落ちこぼれ社員の担当している仕事について、質問を受けた。しかし、他の奴のことなんて、まったく把握《はあく》していなかったので、オレは何も答えられなかった。

「同じチームなのに、なぜわからないんだ！　これじゃあ、報告にならないじゃないか！　使えない奴だな!!!」

生まれて初めて、「使えない奴」と言われた。初め、オレに向けられた言葉とは思えなかった。

なぜなら、その会議室には、オレより使えない奴がたくさんいたからだ。でも、上司の視線は、真《ま》っ直《す》ぐにオレに注がれていた。室内はひんやりとしているのに、なぜか汗《あせ》が噴《ふ》き出《で》てきて、鼓動《こどう》は高鳴り、口の中はかわき、頭が真《ま》っ白《しろ》になった。

そんなオレを見ても、同じプロジェクトチームの奴らは、誰一人フォローすることなく、面《おも》白《しろ》そうな顔をしていた。チームの奴らだけじゃない。会議室にいた全員が、哀《あわ》れみと可笑《おか》しみの混ざった目で、オレを見た。

その時、オレは、世の中には、もう1種類の人間がいることを知った。「スポットライトを浴《あ》びる人間をやっかみ、足を引《ひ》っ張《ぱ》る人間」だ。

それから、オレは出社しなくなり、6畳の部屋から外に出ることをやめた。自分よりレベルの低い奴らから、あんな目で見られるなんて、世の中間違っている。みんながバカ過ぎて、オレのスゴさに気づいていないのだ。だから、オレのスゴさを証明できる時がくるまで、じっと黙《だま》って待機《たいき》することにした。オレのレベルに、他の奴らが追いつくまで、世間に出ていくことを拒否《きょひ》したのだ。ただ、そんなオレを、周りは、「引きこもりニート」と呼んだ。

勉強もスポーツも、何でも1番だった頃は、みんながオレの周りに集まって、「神童」やら「天才」やらと言って、チヤホヤしていたくせに、会社で一つつまずいて、ちょっと部屋にこもっているだけで、急に態度が変わり、オレを「社会のクズ」のように扱《あつか》い始《はじ》めた。オレは、ますます人間が嫌いになった。相手の気持ちを考えたり、自分がどう見えるか気にしたりするなんて、無駄《むだ》なことだ。本当のオレのことなんか、誰も見ていない。友人も、同僚《どうりょう》も、家族も、みんな他人だ。

翌朝、母親が目を覚ます前に家を出て、喫茶店《きっさてん》でモーニングを食べながら時間をつぶし、保育園に行った。家を出る前に、シンクの三角コーナーに、オレがひっくり返したミートソーススパゲッティが大量に捨ててあるのを見ても、罪悪感なんてない。オレは何も悪くないんだ。

保育園では、いつもと同じように時間が流れた。てっきり、母親が叔父に連絡し、オレは叔父やリーコから説教を受けるものだと覚悟《かくご》していたが、そんなこともなかった。きっと、母親も反省しているに違いない。このオレの、メンツをつぶすなんて、絶対に許さない！

昨日、「急用を思い出した」と言って、ファミレスから突然《とつぜん》帰ったオレを、たまきは心配した。

「優太郎先生が、大好きなミートソーススパゲッティを残して帰るから、何事かと思いましたよ。

急用は大丈夫《だいじょうぶ》だったんですか？」

「大丈夫ではないですが……」

昨日は、ことごとくミートソーススパゲッティとは縁のない1日であった。今日も、どこかで食事をして帰らねばならない。オレは今、あの家に帰りたくない！


「おうちに帰りたくない！」

午後になり、5歳児のお散歩に出かけた時、いつの間にか、勇太郎が側にいて、オレの心の声を代わりに言ってくれた。

「今日もどうせ、ママじゃなくてパパが迎《むか》えに来るもん」

「今日もどうせ、母親はグチグチ言ってくるだろうな」

「おうちに帰っても、つまんない」

「家に帰っても、イライラするだけだ」

「保育園にいたほうが楽しい」

「ここにいたほうが気楽だ」

「おれ、家出する！」

「オレも家出するぞ」

「ゆうたろうセンセー。いっしょに行こう！」


オレと勇太郎は今、散歩《さんぽ》を抜《ぬ》け出《だ》して牛丼屋《ぎゅうどんや》にいる。家に帰りたくないオレたちは、家出を決行することに決め、まずは腹《はら》ごしらえをしているのだ。

「赤ちゃんなんか、いらなかったのに」

勇太郎は、牛丼をかきこみながら、まったく悪気《わるぎ》なく言った。

「将来、親の面倒《めんどう》を見る時に、一人っ子だと大変だぞ」

「なんで？」

親の老後など、5歳の子どもにとっては、地球が滅亡《めつぼう》するよりも想像できない状況《じょうきょう》なのだろう。オレは、それ以上説明するのはやめておいた。

「昨日は、家に帰っても暴れたのか？　言いたい事があるなら、乱暴しないで、ちゃんと言葉で言わなきゃダメだぞ」

自分のことをとても高い棚に上げて、勇太郎に説教してみたが、やっぱり未完星人には伝わらない。

「おれ、昨日から、おうちでしゃべってないんだ」

「一言も？」

「うん。これは戦いなんだ！」

一体、誰と、何のために、勇太郎が戦っているのか、オレにはさっぱりわからなかったが、勇太郎は覚悟《かくご》を決めた表情をしていた。

「お前は『杜子春《とししゅん》』か！」

もちろん、オレのこの博学《はくがく》なツッコミが、未完星人に通じるはずもない。しかたなく、勇太郎に、芥川龍之介《あくたがわりゅうのすけ》の『杜子春』について説明してやった。

元々は金持ちだったが、金を使い果たしてしまった「杜子春」という名の男が、ある日、仙人《せんにん》に出会い、「自分も仙人にしてほしい」とお願いする。杜子春は、金を持っているかどうかで、態度を変える人間に嫌気《いやけ》がさしていたのだ。仙人から、修業として、「何があっても声を出すな」と命じられた杜子春は、どんな苦しい目に遭《あ》わされても、仙人との約束を守って、一言も声を出さなかった。それは、仙人になるための、杜子春の戦いだった。今の勇太郎と同じである。

「それで、トシシュンは仙人になれたの？」

オレとしたことが、結末を忘れてしまった。家に帰ったら、さっそく読み返してみようと思ったが、家出中であることに気づいた。

「杜子春は、たぶん仙人になれたんだろう。化《ば》け物《もの》が出てきても、殺されても、地獄《じごく》に落ちても、一言もしゃべらなかったんだから」

「そこまで頑張《がんば》ったなら、もう大丈夫だね」

そうだ。仙人になるための過酷《かこく》な修業に、杜子春は勝ったのだ。自分が地獄に落とされる以上に、苦しい事はない。それをクリアした杜子春は、見事に仙人試験に合格したはずだ。

「おれも、トシシュンみたいに、がんばったら、仙人になれる？」

「オレは、仙人じゃないからわからない」

「仙人ってスゴイ人でしょ？　スゴイ人になれる？」

「お前はスゴイ人になりたいのか？」

「うん！　スゴイ人になったら、ママもパパもほめてくれるもん」

　金を失ったとたん、周囲から見向きもされなくなった杜子春は、今のオレや勇太郎に少し似ているかもしれない。勇太郎も、赤ん坊さえ生まれなければ、「かわいい一人っ子」として、父親からも母親からも十分な愛情を注がれていた。しかし、赤ん坊が生まれたとたん、状況が変わってしまった。オレも、入社するまでは「すごい」「すごい」ともてはやされていたのに、会社を辞めて引きこもったとたん、「半人前の人間」と母親に言われた。

　オレたち「ゆうたろうズ」は、簡単に変わる人の評価を、もう信じない。絶対に変わらないものを、手に入れたい。オレは、勇太郎がこぼしたごはん粒《つぶ》を、拾《ひろ》って自分の口に入れた。言葉も通じず、頭も悪く、オレのことをリスペクトもしていない5歳の未完星人に対して、オレはなぜか、仲間意識を感じていた。

「今頃《いまごろ》、ママとパパ心配してるかな？」

　勇太郎が急に弱気なことを言い出した。散歩を抜け出してから、まだわずか15分。家出したことが、親の耳に入っている可能性すら低い。

「心配なんかしてないだろうな」

「ほんと!?」

「親なんてそんなもんだ」

「ママもパパもムカつく!」

「親は、子どものことなんて何もわかってないんだよ」

「おれのことなんか、わかってない!」

「親なんか、いなくたっていいんだ!!」

「親なんか……」

どうして、勇太郎は途中で言葉を止めたのだろうか。

ちょうどその時、店のドアが開き、恐《こわ》い顔をした麗子像《れいこぞう》とリーコが入ってきた。

「アンタ、何を考えてんのよ! 一歩間違えたら、これは誘拐《ゆうかい》よ!!!」

オレは今、会議室で、叔父・麗子像・リーコ・たまき・メガボン・虫眼鏡《むしめがね》・勇太郎の両親に囲まれている。オレの隣《となり》には、うつむいたまま、勇太郎が座っている。

「優太郎。どういうことなんだ?」

叔父は、全員の前にオレを立たせた。オレは何も悪いことはしていない。ゆうたろうの希望通りのことをしただけだ。

「……オレも、ゆうたろうも、家に帰りたくなかったから、家出をしようと……」

ボソボソとしゃべるオレを、頼《たよ》りなさそうに、そして、少し気味《きみ》悪そうに、勇太郎の両親が見つめている。でも、オレは気にしない。オレの言葉にウソは一つもない。本当に勇太郎は、オレに「家に帰りたくない」「家出するからいっしょに行こう」と言ったのだ。

「本当なの？　勇太郎？」

もう、勇太郎はオレの仲間だ。オレがつるし上げられているのを見て、助けてくれるに違いない。勇太郎の「勇」は、「勇気」という字だ。さあ、勇気をもって、はっきりとこの場で真実を話すがいい！　お前は、未完星人の中でも、オレが認めた奴なのだ！

しかし、勇太郎は一向に何も話さない。

「勇太郎くんどうしたの？　どっか具合《ぐあい》でも悪いの？」

麗子像の不気味な微笑《ほほえみ》を、目の前で見ても、勇太郎の表情は一つも動かなかった。

「なんとか言いなさい。話さなきゃわからないだろう！」

父親の呼びかけにも、勇太郎は黙《だま》ったまま。

オレは、やっと気づいた。勇太郎は、杜子春の最中なのだ。なんてこった……。こんな時に修業をしている場合ではないだろう。お前はいったい何と戦っているんだ。本気で仙人にでもなるつもりなのか？　仙人になるより、オレを助けるほうが先だろう!!!

「勇太郎くんが何も話したくないなら、しかたありませんね。優太郎、お前が、話しなさい」

——え？　オレが!?

「アンタの口から、みんなに納得《なっとく》できるように話して」

「『家に帰りたくない』とは、いったいどういうことなんでしょう？　優太郎先生？」

「優太郎先生、説明お願いします」

「優太郎先生！」

一同の視線が、オレに集中する。オレは悪くない。勇太郎の希望通り、一緒に家出をしようとしただけだ。２９０円の牛丼だって、オレがご馳走《ちそう》してやったんだ。それなのに、なぜここにいる大人たちは、みんなオレを悪者《わるもの》のような顔で見るのだろうか。

しゃべろうとすればするほど、言葉が出てこない。気がつくと、じっとりと額《ひたい》に汗《あせ》が噴《ふ》き出《で》ていた。ドクドクと心臓は高鳴っていき、口の中はカラカラで、頭は真《ま》っ白《しろ》になった。

その時、頭の奥のほうから、あの声が聞こえた。

「使えない奴だな!」

オレは今、6畳の自分の城で、一日を過ごしている。

—エピソード6—

間違えても、やり直せばいい

朝の6時半、殺人的な目覚《めざ》ましの音で、身体を起こす。ヒゲをそりながら、徐々《じょじょ》に脳《のう》を起こしていき、食卓《しょくたく》についた頃《ころ》には、完全に覚醒《かくせい》し、母親の作った味噌汁《みそしる》をすする。やたら声の高いアナウンサーによる朝の情報番組を、ひと通り見ながら、朝食を食べ終え、番組最後のお天気キャスターとのじゃんけんをしてから家を出る。バスに乗って20分。未完星人たちのいる星に到着《とうちゃく》してからは、退屈《たいくつ》な会議に、タオルの洗濯《せんたく》や園庭の掃除《そうじ》、その他、言葉の通じない未完星人たちの、様々な世話に追われることとなる。

オレの毎日は、本当にあっという間だ。毎日同じことをしているはずなのに、絶対に同じようにはいかない。昨日は元気に走り回っていた未完星人が、今日は一日中泣いていたりするし、さっきまでスーピー寝息《ねいき》を立てて寝ていた未完星人が、急に起きてゲロを吐《は》いたりする。この星の奴《やつ》らは、本当に何を起こすか予測できない。

そんな日々が、4日前までの、オレの毎日だった。

今朝も、オレは殺人的な目覚ましの音を聞かずして目を覚ました。いつものクセで、洗面所でヒゲをそろうとするが、どこにも行く予定がないことを思い出して、シェイバーを戻《もど》す。食《しょく》卓《たく》は、昨晩見たのと同じ状態だ。カップラーメンの食べ残しや、飲みかけのペットボトルが散乱している。

昨日、母親はこの家を出た。

一．食事は必ず、食卓で母親と一緒《いっしょ》に食べること。
二．「おはよう」「おやすみ」の挨拶《あいさつ》は、必ず母親の顔を見てすること。
三．部屋の鍵《かぎ》はかけないこと。
四．これらの条件をクリアできない場合は、叔父《おじ》の家での下宿生活に戻ること。

この条件を完全に無視して、自分の城に籠城《ろうじょう》したオレに対して、叔父という悪魔《あくま》は制裁《せいさい》を下した。

「お前が約束を破って籠城《ろうじょう》するなら、こっちは兵糧攻《ひょうろうぜ》めだ!」

兵糧攻めとは、戦いの最中に、敵に食べ物を補給させないようにし、敵を追いつめる戦法である。仕事を放棄《ほうき》したオレの場合、唯一のライフラインだった母親を失ったことで、兵糧攻めは簡単に決行できるのだ。叔父いわく、「働かざる者、食うべからず」ということらしい。数カ月間保育園で働いて得たわずかな金も、やがては底をつく。その時に、オレが白旗《しろはた》を上げるのを、叔父は待っているのだ。

白旗なんて上げてたまるか！

そう思いつつも、籠城《ろうじょう》4日目にして、すでに残金は3千円となった。自分の城に戻《もど》った初日、ストレス発散という大義名分のもと、ネットで『芥川龍之介《あくたがわりゅうのすけ》全集』を1万5千円で購入《こうにゅう》したのが間違いだったようだ。

自分の城に籠《こも》っていた6年間は、金の心配など1度もしたことはなかった。母親がこの家からいなくなるなんて、思ったこともなかったからだ。どんなことがあっても、母親はオレを見《み》捨《す》てたりなんかしない。そう確信していた。しかし、今、母親は案外アッサリとオレを見捨てて、家を出て行った。

「半人前の子ども」なんて、きっともう必要ないのだろう。「すごい」「すごい」と、周囲からもてはやされない子どもなんて、いないほうがいい。結局、親は「自慢《じまん》できる子ども」がいいのだ。勇太郎《ゆうたろう》の親だって、生まれたばかりの赤《あか》ん坊《ぼう》が、「かわいい」「かわいい」とチヤホヤされるから、大きくなった勇太郎より、赤ん坊をかわいがる。残酷《ざんこく》だが、それが親子なのだ。

4日前と何も変わらないのは、テレビの中のアナウンサーの高い声だけだった。番組最後のお天気キャスターとのじゃんけんも、保育園に行かなくなってから、勝てたことがない。「働かざる者、じゃんけんに勝つべからず」ということか……。

1日何もしていないのに、なぜ人間は腹《はら》が減るのだろうか。たしか冷蔵庫に、昨日コンビニで買った鈴《すず》カステラの残りがあるはずだ。しかし、現在の時刻は午前11時。今、その鈴カステラを食べてしまったら、絶対に夜までにもう1度空腹が襲《おそ》ってくる。オレの経済状況《けいざいじょうきょう》から考えて、今は我慢して、夜に鈴カステラと牛乳で腹を膨《ふく》らませるのが、1番賢《かしこ》い方法だ。しかたない。冷蔵庫の中にある鈴カステラのことは忘れよう。

「忘れたいものは、絶対に忘れられない」と、有名な作家が言っていたことを思い出す。テレビを見ても、本を読んでも、ネットサーフィンをしても、オレは鈴カステラのことが忘れられなかった。いっそのこと、寝てしまえばいいと考えたが、9時間睡眠から目覚め、それから、脳も身体もほとんど動かしていないオレには、一向に睡魔が襲ってくる気配《けはい》はない。麗子像《れいこぞう》の羊《ひつじ》のカウントを思い出し、ネイティブな発音で羊《ひつじ》を数えてみる。

「ワンシープ、ツーシープ、スリーシープ、フォーシープ……」

玄関《げんかん》のチャイムが鳴ったのは、240頭目の羊《ひつじ》を数え終わった頃だった。

てっきり、『芥川龍之介全集』が届いたのかと、ウキウキした気持ちで玄関《げんかん》に出ると、そこにいたのは、たまきだった。

オレは、開けたドアを、黙《だま》って閉《し》めた。居留守《いるす》を使おうかと思ったが、もう遅《おそ》い。バッチリ顔を見られてしまった。それに、おそらくたまきは、保育園に来なくなったオレを心配し、戻《もど》ってくるように説得に来てくれたに違《ちが》いない。それを考えると、とても追《お》い払《はら》うことなどできない。オレは、人の気持ちのわかる、心優《こころやさ》しい男なのだ。

たまきを外で待たせ、オレは急いで伸《の》ばしっぱなしのヒゲを剃《そ》り、歯を磨《みが》き、リビングを片づけ、最後に鼻毛チェックもした。

「突然《とつぜん》すみません。園長先生に無理を言って、少しだけ園を抜けて来たんです。どうしても、ユウタロウくんのことが心配で……」

あの日、オレは勇太郎《ゆうたろう》の両親や叔父たちに、何があったのかを問《と》い詰《つ》められ、パニックに

かった。

陥《おち》った。大量の汗《あせ》をかき、視点《してん》が定まらなくなり、何か話そうとするが、何の言葉も出てこなかった。

叔父が、「まだ保育士補助としての経験も浅く、自覚が足りなかったのだと思います。申し訳ありません」とフォローし、保育園側の監督不行《かんとくふゆ》き届《とど》きだと謝罪《しゃざい》したことで、やっと地獄《じごく》の時間を終えることができた。

しかし、勇太郎たち親子が帰った後も、オレは一言も話すことができなかった。恐《こわ》いのと、悔《くや》しいのと、情けないのと、腹が立つのと、様々な気持ちが頭の中でグルグル回っていた。そして、オレの思考は完全に停止し、その場から、この城へと逃《に》げ出《だ》したのだ。

たまきは、急に保育園から姿《すがた》を消したオレを、この4日間、ずっと心配していたのだろう。保育園を辞めたとたん、「ユウタロウくん」と呼ばれて驚《おどろ》いたが、少しうるんだ大きな瞳《ひとみ》で、真《ま》っ直《す》ぐにオレを見つめてくるたまきを見て、オレは合点《がてん》がいった。どうやら、たまきはオレのことが好きらしい。

「ユウタロウくんの気持ちがわからないんです」

恋《こい》をすると、相手の気持ちが知りたくて、もどかしい思いをするらしい。「恋愛《れんあい》相談ドットコム」で、誰かが相談しているのを、見たことがある。今すぐにでも告白してきそうな勢いのたまきを見て、オレは思わず席を立ってしまった。申《もう》し訳《わけ》ないが、今のオレには、まだそれを受け止める準備はできていない。

お茶でも飲んで、少し冷静になってもらおうと、母親が買い置きしていた緑茶をいれることにした。そして、一緒《いっしょ》に鈴カステラを出してやった。これで、オレの気持ちを察《さっ》してもらいたい。兵糧攻《ひょうろうぜ》めにあっている男は、何とも思っていない女に、貴重《きちょう》な食糧を捧《ささ》げたりはしない。鈴カステラよ。オレの気持ちを、たまきへと運んでくれ！

「あれから、ユウタロウくん、保育園に来ても全然お話してくれなくなったんです」

たまきの言う「ユウタロウ」が、未完星人の「勇太郎」であると気づいた時には、すでに鈴カステラはたまきの口の中に運ばれていた。

たまきの話によると、オレと家出をした日から、勇太郎は家でも、保育園でも、いっさい話さなくなったらしい。生まれたばかりの妹に嫉妬《しっと》し、両親に反抗的《はんこうてき》な態度になるのはわかるが、ここまでかたくなに口を閉ざしていることが、たまきにはサッパリ理解できないという。

「優太郎先生なら、話さない理由を、何かご存《ぞん》じかと思って」

たしかに、オレはご存じだった。勇太郎は、まだ修業中なのだ。つらく、苦しい修業を終え、スゴイ人になって、妹よりもチヤホヤされようとしている。杜子春《とししゅん》になろうとしているのだ。

しかし、オレは知らないフリをした。たまきが、貴重な食糧である鈴カステラを全部食べてしまったからではない。勇太郎がどうなろうが、オレには関係ないからだ。アイツのせいで、オレはみんなの前で恥《はじ》をかいた。消し去りたい嫌《いや》な過去《かこ》まで思い出した。母親にまで見放された。兵糧《ひょうろう》攻《ぜ》めにもあっている。アイツがあの時、ちゃんと自分の言葉で真実を話せば、オレはこんなことにはなっていなかった。全部、勇太郎のせいなのだ。

何も聞き出せないと知ったたまきは、残念そうな顔で、「突然《とつぜん》すみませんでした」と頭を下げた。玄関に見送りに出たオレに、たまきは一瞬《いっしゅん》ためらった後、我慢《がまん》できないといった感じで、ふたたび口を開く。

「私がとやかく言うことではないんですけど、みんな同じだと思います。嫌《いや》なこと言われたり、恥《は》ずかしい思いをしたり、逃げ出したくなることはたくさんあります。でも、みんな逃げないのは、逃げても何も変わらないからです。……残念です。鈴木さんは、変わろうとしてると思ってたから」

たまきはもう一度、軽く頭を下げ、去っていった。

オレは無性《むしょう》に腹が立った。このオレが、みんなと同じなんてありえない。まるで、オレだけが弱くて、逃げ出したみたいではないか。何も知らないくせに、無神経にオレを傷つけるなんて許せない！ しかし、それ以上に、「優太郎先生」とオレを呼んでいたたまきが、最後に「鈴木さん」と言ったのが、なんだかとても寂《さび》しくて、許《ゆる》せなかった。


ニートに戻《もど》って6日目。この6日間が、オレには、一ヵ月くらいにも感じられる。こんな「逆浦島太郎現象《ぎゃくうらしまたろう》」は、おそらくロクに食事をしていないからに違いない。現在の残金は、700円。2日前にたまきがやって来た日、ストレス発散という大義名分《たいぎめいぶん》のもと、デラックス焼肉弁当《やきにくべんとう》と缶《かん》チューハイとシュークリームを購入《こうにゅう》したのがマズかったようだ。

母親が戻《もど》って来《く》る気配は、今のところない。何度か携帯《けいたい》に電話をしてみたが、母親が電話に出たとたん、オレは、急いで電話を切っている。オレからの着信だとわかっているはずなのに、母親は心配している様子もなく、「もしもーし」と呑気《のんき》な声を出す。その声を聞くたびに、腹が立って、オレは電話を切る。心配しているだろうと思い、気を遣《つか》ってこちらから電話をしてやっているのに……。

朝の情報番組によれば、今日は水曜日らしい。本来なら、たまきのファミレスに行って、ミートソーススパゲッティを食べる日だが、今のオレには無理だ。４９９円という豪遊《ごうゆう》は、命を絶つのと同じ。しかも、今は、あまりたまきと顔を合わせたくない。

あれから、勇太郎はどうしただろうか。オレにはもう関係ないのに、ミートソーススパゲッティをきっかけに、どうでもいいことを思い出してしまう。まだ頑固《がんこ》に修業を続けているのだろうか。

だとしたら、たまきだけでなく、みんな困《こま》っているだろう。麗子像《れいこぞう》は、あのオカッパ頭を抱《かか》え、深刻《しんこく》になっているに違いない。リーコも、威勢《いせい》がいいわりにはネガティブだから、クヨクヨ考え込んでいるだろう。メガボンだって、バカなりに悩むはずだ。虫眼鏡《むしめがね》は、教育論でも引っ張り出して、答えを見つけようとしているかもしれない。いい加減《かげん》な叔父も、親との間に挟《はさ》まれて、治りかけてきたオデキを悪化させている可能性がある。なによりも、未完星人たちは、しゃべらなくなった勇太郎をどう思っているのだろうか。

知能レベルが低いくせに、アイツらは妙《みょう》にカンの鋭《するど》いところがある。仲間の異変に誰も気づかないことはないだろう。勇太郎はせっかく人気者になったのに、このせいで、友だちがいなくなってはいないだろうか。そうしたら、アイツは一人ぼっちになってしまう。

空腹のせいか、想像はネガティブな方向にばかりいく。しかし、どんなに考えても無駄《むだ》なことだ。オレには、もう関係ないのだから。

昨日やっと届いた、『芥川龍之介全集』でも読んで、空腹を紛《まぎ》らわせよう。数ある作品の中で、オレは自然と『杜子春』を選んだ。子どもの頃に読んだきりなので、また新たな発見があるかもしれない。それに、一番大事な結末を忘れてしまっている。

『杜子春』を読み始めて数分、空腹を紛《まぎ》らわせるどころか、拍車《はくしゃ》がかかっている。金を手に入れた杜子春が、酒池肉林《しゅちにくりん》の限りをつくしている描写《びょうしゃ》がいけなかった。我慢《がまん》して読み進めていたものの、頭の中には、カルピスサワーをたたえた池と、フライドチキンをぶら下げた林しか、浮かんでこない。

我慢できなくなったオレは、ラスト直前で『杜子春』を中断し、残金700円を持って、コンビニへ行くことにした。日が出ている時間に外出するのは、6日ぶりだが、背《せ》に腹《はら》は代えられない。徒歩2分のコンビニなので、知り合いに会う可能性もないだろう。

ヒゲ面《づら》にスウェットとチャンチャンコ姿《すがた》のまま、サンダルを履《は》き、玄関を開けると、ドアが思い切り何かにぶつかった。

ボンっ！

オレの目の前には、麗子像《れいこぞう》が立っていた。顔面でドアを受け止めても、やはりその重たいオカッパは少しも乱れていない。

麗子像の用件は、たまきと同じだった。しかし、オレに求めるものは、「勇太郎に何があったのかを教えてほしい」というものではなく、「両親への説明と謝罪」だった。今まで、未完星人たちの問題が解決するたびに、勝手にオレの手柄《てがら》だと勘違《かんちが》いして、ほめてきた麗子像が、今日は厳《きび》しい表情をオレに向けている。

「勇太郎くんのご両親は、とても心配しています。もう1度、ちゃんと自分の口で、何があったのかを説明し、あのような事態を起こしたことを、謝罪するべきです」

「……オレは悪くないです」

「私たちは、ご両親から責任を持ってお子さんをお預《あず》かりしているんです。どんな理由であれ、ご両親に心配をかけるのは悪いことです」

　オレは、小学校でも、中学校でも、高校でも、先生というものに叱《しか》られた記憶《きおく》がない。しかし、先生に叱られるとは、おそらくこんな感じなのだろうと思った。言われていることを理解はしているが、どうしても反論せずにはいられない。反論しないと、言われっぱなしになって、カッコ悪すぎるから。

「……悪いのは、親じゃないですか。赤《あか》ん坊《ぼう》にばかり気がいって、勇太郎のことをほっておいて。『お兄《にい》ちゃんなんだから』『もう大きいんだから』って、勝手に期待して……だから、勇太郎は家出したいって言ったんです。もっと親がちゃんと見ていてやれば、こんなことにはならなかったんじゃないですか?」

　オレだってそうだ。「すごい」「すごい」と勝手に母親に期待されて、会社でも「すごい」と言われるように頑張った。そうすれば、また母親にほめてもらえると思ったから。でも無理だった。あの時、母親がもう少しオレの気持ちを察《さっ》して、かばってくれればよかったんだ。周りを敵にしてでも、オレの味方になって、オレだけを守ってくれれば、6年間も「引きこもりニート」にならずにすんだ。オレは悪くない。すべて母親が悪いんだ。

しかし、麗子像は、オレの反論をあっけなく却下《きゃっか》した。

「親は、何十年と生きてきた中で、いいことも、悪いことも知っています。『子どもには、できるだけいいことがたくさんありますように』『悪いことが起こりませんように』……親はみんな、そう思いながら、子どもを育てます。それを、『期待』と言うなら、子どもに期待しない親なんていないと思います。ただ、親だって神様ではありません。たかだか何十年か生きてきただけの人間です。いいこと、悪いこと、すべてを知っているわけではありません。間違《まちが》ったり、勘違《かんちが》いしたりすることだってあります。結果として、子どもを悲しませたり、苦しませたりすることもあります」

麗子像は、急に言葉を止め、自分の重たいオカッパに手をあてた。バツンと切りそろえられた前髪《まえがみ》をかき分け、出てきた額《ひたい》には、大きな傷があった。

「私も、息子を苦しめ、お互《たが》い、たくさん傷つけ合ってきました」

麗子像に一人息子がいることは、叔父やリーコの話から聞いていたが、麗子像の口から、息子の話を聞いたことは、今まで一度もない。まさか家庭内暴力を振《ふ》るわれていたなんて、少しも知らなかった。

「息子は、４年前から、自立支援施設《じりつしえんしせつ》にいます。私たち親では、もうどうすることもできない状況《じょうきょう》だったので、社会に助けを求めました。私たちのことを、『子どもを見放した悪い親』と言う方もいます。でも、私はそうは思っていません。私たちは、息子を施設に入れたけれど、息子の手を離《はな》したつもりはないからです。本当に悪い親は、子どもの手を離してしまう親だと、私は思います。勇太郎君のご両親も、決して勇太郎くんの手を離してはいません。しゃべらなくなった日から、お母さんは、園に迎《むか》えに来るたびに、今日の勇太郎くんはどんな様子だったのか、何かしゃべらなかったか、お友だちに仲間外れにされたりしていないか…毎日、私たちに尋《たず》ねてくるんです。しゃべれないのは精神的なショックではないかと、心療内科《しんりょうないか》の医師にも相談に行きはじめたそうです。お母さんは、自分を責めて、とても苦しんでいます。優太郎先生は、それが悪い親だと思いますか？」

何も言えなかった。かっこ悪いけど、反論できなかった。

「たしかに、勇太郎君に寂《さみ》しい思いをさせてしまったのは、お母さんの失敗かもしれません。でも、失敗しない親なんていません。完璧《かんぺき》な親になることは、完璧《かんぺき》な保育士になることより、はるかに難しいんです」

4年前の傷が、今もクッキリと残っている麗子像《れいこぞう》の額《ひたい》を見て、オレは、勇太郎に噛《か》みつかれた右手のことを思い出した。噛まれた跡《あと》は、もうすっかり消えている。それが、「親」と「保育士」の違いなのかもしれない。

保育士が子どもを見ているのは、保育園で預《あず》かっている時間だけ。卒園の時期がくれば、必ず別れが来る。でも、親に卒園はない。子どもが生まれた瞬間から、ずっと「親」を続けなくてはいけないのだ。

その間、子どもと衝突《しょうとつ》したり、すれ違ったりすることもある。その度《たび》に、親には一生消えない傷ができ、それを背負って、また「親」を続ける。それに比べると保育士はなんて無力なのだろうか。

「保育士にできることは、子どもたちに色んな知識を与《あた》え、可能性を教え、自分を信じられるように、説いてあげることだけです。それは、隣《となり》で本を読んであげることかもしれないし、一《いっ》緒《しょ》におやつを食べてあげることかもしれません。面と向かって説教なんかしなくても、子どもたちには、ちゃんと伝わっているものですから」

麗子像は、いつもの穏《おだ》やかな笑《え》みを、オレに向けた。

「優太郎先生。もう1度、勇太郎君のご両親と、ちゃんとお話をしてくれませんか？」

その時、麗子像の携帯電話《けいたいでんわ》が鳴った。電話で話しながら、麗子像の顔はみるみる変わっていき、電話を切った時には、また最初の厳《きび》しい表情に戻《もど》っていた。

「勇太郎くんが、またお散歩の途中《とちゅう》にいなくなったそうです」

こうこうと日の光が差す中、ヒゲ面《づら》にスウェットとチャンチャンコ姿《すがた》のまま、オレは慌《あわ》てて外に飛び出した。

前回と違って、勇太郎はなかなか見つからなかった。叔父とメガボンと虫眼鏡が、他の園児とともに留守番《るすばん》し、駆《か》けつけた両親と、麗子像、リーコ、たまき、オレが、保育園の付近を手分けして探すことになった。オレは、たまきと一緒に、公園付近を回る。オレのひどい姿《すがた》を見て、最初はギョッとしたたまきも、特に何か言ってくることはなかった。

日が暮《く》れかけても、勇太郎は見つからず、警察《けいさつ》に連絡することになった。叔父たちは、誘拐《ゆうかい》や事故に遭《あ》ったのではないかと心配していたが、オレにはわかる。これは、勇太郎の家出だ。苦しい修業を続けても、なかなか「スゴイ」とチヤホヤされないので、すべて投げ出したくなったに違いない。知能レベルの低い未完星人のくせに、これほどまでに手を焼かせることに腹が立つ。前にオレと家出したとき、勇太郎は両親が心配しないか不安がっていた。そんな弱気な奴が、また家出をするなんて許せない。どうせ、今も不安でいっぱいなくせに。

その時、オレは閃《ひらめ》いた。

チキンハートな勇太郎が、遠くへ家出することは不可能だ。両親が心配しないかと、きっと様子を見に、家の近くにいるに違いない！　そして、オレの推理は見事に命中した。勇太郎の家のマンションの近くで、勇太郎を発見したのだ。

親が心配しているかもしれないと不安になるのは、早く自分を迎《むか》えに来てほしいという、子どもの気持ちが隠《かく》れている。何度も母親に無言電話をしているオレには、それがわかる。

オレを見た勇太郎は、修業のこともすっかり忘れて、大きな声をあげて泣き出した。

オレは今、勇太郎と一緒に、たまきのファミレスにいる。空腹を訴《うった》える勇太郎に、オレはしかたなく、行きつけの店を教えてやったのだ。そして、今、勇太郎はオレのおすすめ「ミートソーススパゲッティ」を食べている。オレは馬鹿じゃないので、同じ失敗を2度繰《く》り返《かえ》したりはしない。ちゃんと保育園に連絡を入れ、無事に勇太郎を捕獲《ほかく》したことを報告した。もうすぐここに、勇太郎の両親や、たまきたちもやってくるだろう。

グルルルルル……。

残金700円で、勇太郎に499円のミートソーススパゲッティを食べさせると、必然的にオレはドリンクバー以外頼《たの》めない。旨《うま》そうにミートソーススパゲッティをほおばる勇太郎を見て、オレは心から後悔《こうかい》した。なぜオレは、勇太郎を助けに出てきてしまったのだろうか。

「センセー。おれが泣いたことは内緒《ないしょ》だよ」

「いまさらカッコつけるな。子どもは泣くのが仕事だ」

「おれは子どもじゃないもん」

口のまわりに、たくさんミートソースを飛ばしながら、未完星人が見栄《みえ》を張る。

「パパとママが悪いんだよ」

そういえば、安心のあまり、勇太郎に家出をした事情を聞いていなかった。

「オレがしゃべらないと、パパもママもかなしそうな顔するんだ」

「だったらしゃべればいいじゃないか」

「なんて言えばいいのかわかんないもん…」

「だから家出したのか？」

「……」

勇太郎は、修業をしていたわけではなかった。ただ、意地《いじ》を張って、口《くち》をきかなかっただけだった。オレは勇太郎を、少々かいかぶり過ぎていたのかもしれない。やっぱり、未完星人は未完星人なのだ。

「自分のやったことが、間違《まちが》いかもしれないと思ってるのか？」

「ゆうたろうセンセーが言ったんだからな。トシシュンのお話」

「別にオレは、誰とも口をきくなとは、一言も言っていない」

「せこいぞ！」

「せこくなんかない！　オレは東大卒のエリートだぞ！　訂正《ていせい》しろ！」

「テイセーってなに?」

「間違ってるから、もう一度、言い直せと言ってるんだ」

「やだよ。カッコ悪い」

「なにもカッコ悪いことじゃない。間違ったら、やり直すのは当然のことだ。オレは人間ができているから、訂正したら許してやる!!」

それほど難《むずか》しいことを言ったつもりはないのに、勇太郎はじっと考《かんが》え込《こ》んだ。やっぱり、オレと対等に会話をするなど、未完星人には無理なのだ。

その時、ファミレスの入り口から、「勇太郎!」と声がした。

とっさに返事をしそうになったが、名前を呼ばれたのはオレではなく、未完星人ユウタロウのほうだった。勇太郎の両親が、たまきに連れられてやって来たのだ。

勇太郎の顔は、面白いほど変貌《へんぼう》した。母親の声を聞いて、今にも泣き出しそうな顔をしたと思ったら、次の瞬間《しゅんかん》、母親が赤《あか》ん坊《ぼう》を抱きかかえているのを見て、死んだ魚のような目になり、後から現れた父親とたまきを見て、いつもの強気な勇太郎の顔に戻《もど》った。両親が、オレに礼を述べている間も、勇太郎はぶすっとしたままだ。先ほどまで、自分の行いが間違いではないかと不安がっていたとは思えない、憎々《にくにく》し気《げ》な態度。

今日はもう時間も遅く、勇太郎も疲《つか》れているだろうから、詳《くわ》しい事情は明日また改めて保育園で話そうということになり、オレたちは解散することになった。

「帰ろう、勇ちゃん」

勇太郎は、相変わらず何もしゃべらない。しかたなく、母親が勇太郎の手を握った瞬間《しゅんかん》、抱きかかえていた赤ん坊が盛大に自己アピールをはじめた。

大きな声で泣きわめく赤ん坊は、あっという間に店内の客たちの視線を集めた。母親は、空《あ》いている片手で、赤ん坊のお尻《しり》をポンポンと叩《たた》き、なんとか泣き止ませようとするが、まったく効果なし。父親やたまきも、一生懸命《いっしょうけんめい》あやすが、それでも効果なし。店内に響《ひび》き渡《わた》る泣き声に、母親も弱り果てて泣きそうになっていた。

しかし、どんなに赤ん坊が泣きわめいても、母親は決して勇太郎の手を離さない。右手で赤ん坊をあやしながら、左手は、しっかりと勇太郎の手を握《にぎ》っている。その母親の手を、勇太郎はじっと見つめていた。

一向に泣き止まない赤ん坊を見て、オレは、いよいよ自分の出番だと思った。なかなか昼寝をしない桜を寝かしつけるために、DVDまで購入《こうにゅう》して身につけた催眠術《さいみんじゅつ》のテクニックで、未完星人最強の生き物を、一瞬《いっしゅん》で黙《だま》らせてやろうではないか。オレがやる気を出し、チャンチャンコの袖《そで》をたくし上げていると、少し離れたテーブルから「うるせーんだよ」という男の声がした。続けて、次から次と言葉が飛んでくる。

「早く外に連れていけばいいのに」

「迷惑《めいわく》なの、わからないの？」

「ここは託児所《たくじしょ》じゃねーんだよ」

勇太郎の母親は、「すみません」と何度も頭を下げ、店の外に出ていこうとする。

その時、今まで黙《だま》っていた勇太郎が、赤ん坊に負けないほどの大きな声で叫《さけ》んだ。

「ママは悪くない！　ママは悪くない！　ママをいじめるな！」

オレたちは、ポカンとしたまま固まってしまった。もちろん、店内のヤジもピタリと止まった。未完星人最強の生き物だけが変わらずに泣《な》き叫《さけ》んでいる。

「みんな最初は赤ちゃんだっただろ！　みんな泣いて、うるさかったんだろ！　子どもは泣く

のが仕事なんだからな！　ママが悪いんじゃない！」

一部、オレのセリフをパクっているのが気になったが、見事に自分のモノにしているから、そこは大目に見ることにした。

興奮《こうふん》のあまり、真《ま》っ赤《か》な顔をしている勇太郎を見て、母親は握《にぎ》っていた左手を離して、勇太郎の頭に置いた。

「勇ちゃん、ありがとう。ありがとうね」

頭をなでられた勇太郎は、恥《は》ずかしそうに、その手を嫌《いや》がった。でも、オレは知っている。もし、ここにオレやたまきや、他の客たちがいなかったら、きっと勇太郎は母親に抱《だ》きついていただろう。「ゆうたろう」という名前の奴は、見栄《みえ》っ張《ぱ》りで、面倒《めんどう》くさくて、甘ったれな生き物なのだ。

「……ママ、パパ、ごめんなさい。カスミがぐずってるから、早くおうちに帰ろう」

勇太郎は、いつの間にか、すっかり兄の顔になっていた。

たとえ、すれ違《ちが》っても、親が子どもの手を離《はな》さない限り、いつかその想《おも》いは、その手をつたって、子どもに伝わるのかもしれない。

オレは、『杜子春』の結末を、やっと思い出した。杜子春は、仙人《せんにん》になれなかったのだ。修業の途中で、約束を破って、言葉を発してしまったから。

杜子春は、地獄《じごく》で、馬にされた両親が、化《ば》け物《もの》にムチで何度も打たれる姿を見せられても、頑《がん》としてしゃべらなかった。しかし、殺されそうになっている母親が、苦しみながらも、自分を想ってくれているのを知った時、思わず、「お母さん」と声を出してしまった。

『杜子春』は、人間として生きていくことに絶望し、仙人になろうとした杜子春が、最後の最後に、人間らしく生きることに希望を見出し、道徳的に生きていくというお話だった。

勇太郎も、遠回りはしたが、最後に親の愛情に気づき、兄として生きていく覚悟《かくご》を決めた。しゃべらない修業も、あながち無駄《むだ》ではなかったようだ。

両親と手をつないで帰っていく勇太郎は、急に立ち止まり、見送るオレのもとに駆《か》けてきて、そっと耳打ちをした。

「『親なんかいなくたっていい』って言ってたけど、ゆうたろうセンセーはまちがってるよ」

未完星人のくせに、オレに意見するなんて１００年早いと言い返そうとすると、勇太郎は

「大丈夫《だいじょうぶ》だよ」と慰《なぐさ》めてきた。

「間違えたって、やり直せばいいんだから」

どこかで聞いたセリフ……。

またしても、オレの言葉をパクった勇太郎は、そのまま上機嫌《じょうきげん》で家に帰っていった。なぜ、5歳の未完星人に慰《なぐさ》められたり、説教されたり、パクられなきゃならないのだ！ オレは、改めて後悔《こうかい》した。なぜ、勇太郎を助けに出てきてしまったのだろうか。

勇太郎たちを見送り、オレはたまきと2人だけになった。

「この間は、すみませんでした。何も知らないくせに、偉《えら》そうなことを」

たまきは、いつもよりキラキラした目で、オレを真っすぐに見つめて言った。女は、好きな男を見る時、目が自然と輝く。それも、「恋愛相談ドットコム」にあった気がする。でも、もう騙《だま》されない。屈辱《くつじょく》の鈴カステラ事件を、オレは決して忘れない。

「今度、お詫《わ》びにご飯をご馳走させてください」

これはデートの誘《さそ》いなのか？ いや。騙《だま》されない。あの鈴カステラ事件が……と思いつつも、オレは鼻毛が出てはいないか気になりだした。慌《あわ》てて家を出てきたせいで、鼻毛チェックをするのを忘れていた。そもそも、ヒゲ面にスウェットとチャンチャンコ姿《すがた》なので、鼻毛がどうこう、という問題ではないのだが……。

「それじゃあ、私はこれで。おやすみなさい。優太郎先生」

ガラス窓に映った、チャンチャンコを着た男は、気味が悪いほどにやけていた。やっぱりまきは、オレのことが好きらしい。

精算《せいさん》を終え、オレの残金は70円となってしまったが、オレの気持ちは軽かった。明日のことは、明日考えればいい。今日はいい夢が見られそうだ。

しかし、空腹には逆《さか》らえなかった。

いい夢を見るどころか、布団《ふとん》に入っても、食べ物のことばかり想像して、まったく眠れない。こんなことなら、勇太郎にミートソーススパゲッティなど食べさせるんじゃなかった。70円では、肉まんも買えないではないか。何度財布《さいふ》を見ても、お金が増えているというミラクルは起こらない。おなかが空《す》きすぎて、思考がおかしくなったオレは、別のミラクルを期待して、台所へとさまよう。財布の中身は増えていなかったが、空《から》っぽだった冷蔵庫の中には、たくさんの食材がつまっているかもしれない。そんな夢みたいなことを想像しながら、冷蔵庫のドアを開ける。

——ミラクルが起こった。

空っぽだったはずの冷蔵庫には、タッパーに入った様々なおかずが並んでいた。その一つを開けてみると、ミートソーススパゲッティが入っている。これはミラクルなんかじゃない。オレが出かけている間に、母親が来て、作り置きしていったのだ。やはり、オレをダメにしているのは母親だ。こんなことをしたら、いつまでも叔父に白旗《しろはた》をあげず、引きこもりを続けてしまうではないか。

オレは昔、「神童」と呼ばれていた。大人になって、「神童」は、「引きこもりニート」になった。会社で落ちこぼれた、カッコ悪い自分が恥《は》ずかしくて、周りを見下し、いつも言《い》い訳《わけ》を探して、自分だけの世界に閉《と》じこもった。

いつから、オレは間違《まちが》ってしまったのだろうか。間違っていることに気づきながら、気づかないふりをして、いつの間にか、引き返せない場所まで来ていた。そして、気づいたらオレの周りには誰《だれ》もいなくなっていた。

でも、そんなのは全部、思い違いだ。どんなに間違えても、引き返せないことはない。間違えたって、やり直せばいい。オレには、手を離《はな》さずに、ずっとそばにいてくれる人がいるのだ。

電話をかけると、「もしもーし」という、呑気《のんき》な声が聞こえてくる。

「……オレ、もっかいやるから……やり直すから」

それだけ言って、電話を切った。それが、今のオレの限界だ。

レンジで温めたミートソーススパゲッティを食べながら、オレは、心に誓《ちか》った。

今日からオレは、変わるんだ！

翌日、オレは保育園に行って、叔父に白旗《しろはた》をあげた。ちょうど、その時は職員会議の最中《さいちゅう》で、麗子像、たまき、リーコ、メガボン、虫眼鏡の全員がそろっていた。叔父は、オレが兵糧《ひょうろう》攻《ぜ》めに参ったと思《おも》い込《こ》んでいるようで、「腹が減っては戦もできぬか」、とニヤリとする。どうやら、母親が、おかずをこっそり持ってきてくれたことを、知らないようだ。

たまきやリーコたちは、オレを見つめ、じっと何かを待っている。オレだってわかっている。

みんなが何を待っているのか。

「……すみませんでした。……逃《に》げ出《だ》して、仕事にも来ないで……すみません。勇太郎の親に、ちゃんと話します。謝《あやま》ります……」

オレの顔は熱くなって、脇《わき》は汗《あせ》だくで、もしかしたら手も震《ふる》えていたかもしれない。でも、カッコ悪くても、ここを通過《つうか》しなければ、オレは変われない！

「……だから、また……」

みんなの視線に耐《た》えられず、また言葉に詰《つ》まってしまった。すると、重たいオカッパが、オレの顔の前で揺《ゆ》れた。

「おかえりなさい。優太郎先生」

麗子像の言葉に続き、他のみんなも、一斉《いっせい》に、「おかえりなさい」と、オレに声をかける。

東大に合格したときの次くらいに嬉《うれ》しかった。……いや正直に言おう。東大に合格した時よりも、何倍も嬉《うれ》しかった。

復帰して1時間。オレはすでに後悔《こうかい》していた。1週間の無断欠勤の処分は、給料半分カット。

仕事量は増え、扱《あつか》いも雑《ざつ》になり、ここに戻《もど》ってきていいことなど一つもない。やはり、人はそんなに簡単にはやり直せないのだ。

自分の城に戻《もど》りたい。こんなところ、一刻《いっこく》も早く脱け出したい。オレは、またトイレに逃《に》げ込《こ》んだ。

ドスッ！

ドアを閉める直前、突然《とつぜん》視界が覆《おお》われ、顔面にはげしい痛みを感じた。足元にはボールが転がっている。

「遊ぼうぜ。ゆうたろうセンセー」

オレのスター・ウォーズは、もう最終章のはずなのに、まったくハッピーエンドの予感がしない。この未完星人たちに勝利するには、まだまだ時間が必要なようだ。これはもう、「パート2」に突入《とつにゅう》するしかない。

来年も、オレは「センセー」になってやる！


〈終〉

オレは、センセーなんかじゃない！

2018年8月14日　第1刷発行
2019年7月25日　第2刷発行

おかざきさとこ

脚本家。アニメ『曇天に笑う』や、ドラマ『PTAグランパ！』、映画『忘れないと誓ったぼくがいた』『リベンジgirl』などの脚本を執筆。2018年冬には、映画『春待つ僕ら』が公開予定。小説は、本作が初作品となる。

くじょう

関東在住。生活に根ざした、空気感があるテイストを得意とするイラストレーター。文芸書の装丁や企業誌の挿絵を多く手がける。保育園の一番の思い出は、学年全員での和太鼓の合奏。

著――おかざきさとこ
絵――くじょう
発行人――川田夏子
編集人――川田夏子
企画・編集―目黒哲也
発行所――株式会社 学研プラス
〒141-8415　東京都品川区西五反田2-11-8
印刷所――中央精版印刷株式会社
デザイン――楠目智宏＋永井さやか（arcoinc）
編集協力――高木直子、井下恵理子
DTP――四国写研

●お客様へ　【この本に関する各種お問い合わせ先】
○本の内容については TEL03-6431-1465（編集部直通）
○在庫については TEL03-6431-1197（販売部直通）
○不良品（落丁・乱丁）については TEL0570-000577学研業務センター
〒354-0045　埼玉県入間郡三芳町上富279-1
○右記以外のお問い合わせは TEL03-6431-1002（学研お客様センター）

学研の書籍・雑誌についての新刊情報・詳細情報は、左記をご覧ください。
学研出版サイト http://hon.gakken.jp/